U0124789

民俗上海

民俗上海　总主编　尹继佐

Folk Custom of Shanghai:Putuo

普陀卷

本卷主编　蔡丰明　祝学军

本卷副主编　徐志平　刘毛伢　侯龙其　许龙成

上海文化出版社

总主编	尹继佐					
编委会	尹继佐	田赛男	邵煜栋	吴秋珍	朱国宏	祝学军	陈永弟
	宋　妍	于秀芬	孙甘霖	李关德	李　芸	周明珠	赵祝平
	赵丹妮	袁晓林	王　军	袁　鹰	朱响应	姚　海	邹　明
专家组	许　明	仲富兰	蔡丰明	王宏刚	田兆元	陈勤建	王晓玉
	周　武						
出版统筹	陈鸣华	陈　军	纪大庆				
项目策划	李国强						
项目组	李国强	沈以澄	黄慧鸣	吴志刚	周蒋锋	周莺燕	许　菲
	汤　靖	陈　平					

如果从考古学上的马家浜文化算起，上海迄今有六千年的历史；如果从唐朝天宝十年（751）置华亭县算起，上海有一千三百多年的历史；如果从元朝至元二十八年（1291）置县算起，上海有七百多年的历史；如果从1843年开埠算起，上海也有一百六十多年的历史了。

在这绵延的历史中，由于"僻处海奥"，繁衍于上海这块土地上的先民们在创造日渐丰裕的物质生活的过程中，孕育了富有个性的丰富多彩的民俗文化。明正德《松江府志》称："诸州外县多朴质，附郭多繁华，吾松则反是，盖东北五乡故为海商驰骛之地，而其南纯事耕织，故所习不同如此。大率府城之俗，谨绳墨，畏清议，而其流也失之隘；上海之俗喜事功，尚意气，而其流也失之夸。""东北五乡"，即上海县辖境。这就是说，至迟到明代正德年间在时人的心目中上海民俗文化已显示出自己独特的个性。

尹继佐

民俗文化由长久的历史积淀而成，是与居民生活密切相关的衣食住行、礼仪、信仰、风尚、娱乐等民间风俗习惯的总和。它蕴藏于普通老百姓中间，与千百万人的日常生活浑然一体，并在社会变迁过程中表现为一种无意识的力量。所以，黄遵宪曾说："风俗之端，始于至微，搏之而无物，察之而无形，听之而无声；然一二人倡之，千百人合之，人与人相接，人与人相续，又踵而行之，及其既成，虽其极陋其弊者，举国之人，习以为常；上智所不能察，大力所不能挽，严刑峻法所不能变。"又说："礼也者，非从天降，非从地出，因人情而为之者也。人情者何？习惯也。川岳分区，风气间阻，此因其所习，彼因其所习，日增月益，各行其道。习惯既久，至于一成而不可易，而礼与俗皆出于其中。"这两段出自《日本国志·礼俗志》的话，非常鲜明地点出了民俗文化的两大基本特性，即公共性和稳定性。

所谓公共性，是指任何一种民俗事象都不是个体的，而是特定区域人群的"共有的习惯"，因此，它具有超越个体的普遍性；所谓稳定性，则是指一种民俗事象一旦形成，就不容易改变，因此，它又具有超越时间的恒久性。正因为民俗文化具有超越个体的公共性和超越时间的稳定性，所以，它常常在社会整合、族群凝聚和身份认同等方面都扮演着非同寻常的角色。

然而，民俗文化的公共性和稳定性是建立在特定的生产方式和生活方式基础之上的，一旦这种生产方式和生活方式发生剧烈的变迁，民俗文化也会随之而发生相应的变化，不可能"一成而不可易"。清嘉庆《上海县志》称："上海故为镇时，风帆浪舶之上下，交广之途所自出，为征商计，吏鼎甲华腴之区。镇升为县，

人皆知教子乡书，江海湖乡，则倚鱼盐为业。工不出乡，商不越燕齐荆楚。男女耕织，内外有事。田家妇女，亦助农作，镇市男子，亦晓女工。嘉靖癸丑，岛夷内讧，间阎凋瘵，习俗一变。市井轻佻，十五为群，家无担石，华衣鲜履，桀诘者舞智告讦，或故杀其亲，以人命相倾陷。听者不察，素封立破。士族以奢靡争雄长，燕穷水陆，宇尽雕楼，臧获多至千指，厮养舆服，至陵轹士类，弊也极矣。"这段话说的就是上海置镇以来随社会变迁而来的民情风俗的变化。

开埠以后，受中外贸易通商的推动，上海以惊人的速度朝着近代化国际性大都市迈进。在这个过程中，上海从城市规模到市政格局，从生产力到生产关系，从社会结构到城市功能，从市民生态到市民心态，从生活方式到价值观念，无不发生了异乎往古的深刻变迁。伴随都市化的进程，以及城市社会经济的结构性转型，特别是1895年以后现代工业制造业的发展，上海的城市人口急剧增长，据统计，上海人口1852年为54.4万，1910年为108.7万，1920年为225.5万，1935年为370.2万，1949年为545.5万。在不足一百年的时间里，上海人口增长了近十倍。上海人口的这种超乎常规的惊人增长，充分显示出上海无所不包的巨大容量、吞吐吸纳的恢宏气概，以及前所未有的多样性，同时也造成了上海中外混杂、多元并存的社会情境：

> 上海真是一个万花筒。……只要是人，这里无不应有尽有，而且还要进一步，这里有的不仅是各种各色的人，同时还有这各种各色的人所构成的各式各样的区域、商店、总会、客栈、咖啡馆和他们的特殊的风俗习惯、日用百物。

（爱狄密勒：《上海——冒险家的乐园》）

上海一隅，洵可谓一粒米中藏世界。虹口如狄思威路、蓬路、吴淞路，尽日侨，如在日本；如北四川路、武昌路、崇

明路、天潼路，尽粤人，如在广东；霞飞路西首，尽法人商肆，如在法国；小东门外洋行街，多闽人洋号，如在福建；南市内外咸瓜街，尽甬人商号，如在宁波。国内各市民、外国侨民类皆丛集于此，则谓上海为一小世界，亦无不可。

（胡祥翰编：《上海小志》卷十）

这是一个真正意义上的移民城市，据1885年至1935年的上海人口统计资料显示：上海公共租界非上海籍人口占上海总人口的80%以上；即使在上海"华界"，非上海籍人口一般亦占75%左右。1950年的上海人口，上海本地籍仅占15%，非本地籍人口占85%。就是说，移民构成了上海城市居民的主体。这些移民包括国内移民和国际移民，国内移民来自江苏、浙江、广东、安徽、山东、河北、福建、山西、云南、东三省等全国18个行省，其中以江浙移民人数最多；国际移民来自英、美、法、日、德、俄、印度、葡萄牙、意大利、奥地利、丹麦、瑞典、挪威、瑞士、比利时、荷兰、西班牙、希腊、波兰、捷克、罗马尼亚、越南等近四十个国家，最多时达15万人，其中1915年前以英国人最多，1915年后以日本人最多。不同的移民群体带来了各具特色的民俗文化，极大地丰富了上海民俗文化的内涵与外延，所以，才会有所谓"万花筒"、"小世界"之说。

与城市社会经济结构的改组、都市社会生活的确立，以及来自五湖四海的移民的汇聚相适应，在"欧风美雨"的洗礼之下，近代以来上海民俗文化发生了令人瞩目的变化。这种变化主要表现在两个方面：一是"洋俗"的东渐，受其影响，上海风俗日趋洋化，洋气弥漫；一是随着近代工商社会的形成和社会生活的变迁，上海本地风俗以及各地移民偕来的俗尚在上海都市的时空中发生了明显的嬗蜕，并逐渐形成与近代都市生活同步的都市习俗，从而为中国社会的现代变迁提供了一个先锋性的标本。"洋俗"的东渐，以及本地民俗的嬗蜕和各地移民带来的各式各样的

民俗，使上海民俗文化呈现出洋俗与土俗混杂、新俗与旧俗并存的特征。这种特征不仅体现于服饰、饮食、婚丧的嬗变之中，而且体现于年节、娱乐和时尚的日常狂欢与流行之中。多元混杂和并存，促进了不同风格、不同形式的民俗文化的互渗与交融，使上海真正成为展示全国各地的民俗文化乃至世界民俗文化的博物馆。这里展出的，既有上海根深蒂固的本地民俗文化，也有许多具有浓厚异地色彩的民俗文化，还有充满浓郁异国情调的民俗文化，真正呈现出一种海纳百川、兼收并蓄的"海派"风格。

新中国成立以后，"科学的、民主的、大众的文化"成为社会主义先进文化建设的目标和方向，这一追求迅速汇成了一股席卷全国的革故鼎新的潮流。正是在这种潮流的洗礼之下，上海民俗文化又发生了深刻的变化：一些与"科学的、民主的、大众的文化"不相符合的旧陋民俗事象，诸如帮会的习俗、迷信的习俗等等销声匿迹了，而另一些过于复杂繁缛的传统民俗得到了彻底的简化。与此同时，又涌现出一大批市民喜闻乐见、内容充实、文明健康的新型民俗。这样，又使得上海民俗文化呈现出活力充沛、日新又新的特点。

"国之形质，土地人民社会工艺物产也，其精神元气则政治宗教人心风俗也"（蒋观云：《海上观云集初编》）。作为上海这座东方大都市的"精神元气"，上海民俗文化五色斑斓、底蕴深厚。它是上海城市个性的表征，也是上海城市文化的根。根深才能叶茂。但是，当今全球化已成席卷之势，原本口耳相传和习得方式传承的民俗文化正在快速式微，甚至归于泯灭，已是不争的事实。在这种背景下，如何寻到这个城市文化之根，又如何培植这个文化之根，已成为摆在我们面前的一项异常艰巨的时代课题。

正是基于这种考虑，我们组织编纂了多卷本的《民俗上海》，原则上每个区县一卷，以图文并茂的方式向世界展示上海民俗文化的瑰丽画卷，并试图通过这一努力唤起全社会对上海民俗文化的关注。

总序

普陀卷

Foreword

By YIN Jizuo

The history of Shanghai, if traced to the archeological unearthings of the Majiabang Culture, is already 6000 years long; if traced to the establishment of the county administration in the 28th Year of Zhiyuan Period during the Yuan Dynasty (i.e., 1291 AD), is over 700 years long; and if traced to the opening of the port in 1843, is then over 160 years long.

Our forefathers, inhabiting in this piece of land that was for long an out-of-the-way seaside place, carved out nevertheless an increasingly plentiful material life, and created a colorful local-specific folk culture. As described in The Records of Songjiang Prefecture published in Zhengde Period of the Ming Dynasty, "The five town areas in the northeast, or areas "on the sea" (literally "Shanghai" in Chinese), show a clear distinction from other areas in terms of customs and habits. Engaged in sea-related commercial activities instead of only in farming and weaving as in their southern neighbors, people in Shanghai demonstrate an enterprising spirit in both words and deeds, rather than strictly following the tradition or succumbing to public opinions." "The five town areas in the northeast" mentioned here later on became the county, and then the city of Shanghai. This means clearly that during the Ming Dynasty at the latest, Shanghai began to exhibit a rather distinct folk culture as recognized by successive generations of observers.

As a distillation of long-time historical experiences, folk culture is a

六

sum-up of folkways related with such basic necessities of life as food, clothing, shelter and transportation, as well as rituals, beliefs, mores, entertainment, etc. Obviously, folk culture is knitted deeply and pervasively into the daily life of all living beings, and constitutes a silent but dominant force in social changes. Huang Zunxian, a modern Chinese scholar-official, is quoted as saying, "Customs may start from something extremely tiny, almost intangible and unobservable at the outset. However, quite commonly, once initiated by even a couple of leaders, they may be followed by hundreds and thousands of people. With their spread from person to person, customs, including those injurious ones, can become so established that a whole nation may practice them as something innate and natural. When entrenched in them, even the most thoughtful philosophers are not always aware of customs, and intentional activities or even penal sanctions can prove helpless in face of them." These observations have revealed to us the two fundamental features with folk culture, i.e., communality and stickiness.

By "communality", it is meant that every habit or custom is not individual-specific, but shared by a whole community in a particular locale, thus demonstrating a sense of universality. By "stickiness", it is meant that once formed, customs and habits are hard to change, therefore showing a feature of endurance. Thanks to its commonality and stickiness, folk culture invariably makes a major presence in social integration, ethnic solidarity building, identity recognition, and so on.

It should be noticed, however, that community and stickiness of folk culture are, in the final analysis, based on particular modes of production and ways of life. When such modes and ways change radically, those elements in folk culture are bound to experience certain correspondent evolution. For example, according to The Records of Shanghai County published in Jiaqing Period of the Qing Dynasty, "When Shanghai was only a small town, various sailing boats visited the place, giving rise to business transactions and an accumulation of wealth. After the town was raised to a county status, fishing and salt-making became active trades in the coastal region, while industry and commerce developed generally alongside agriculture. The typical pattern in a household was a basic division of labor with the male doing the farm work and the female doing the spinning and weaving. When the overseas invaders came, the basic socioeconomic structure changed fundamentally, with traditional mores eroded steadily. Instead of following the callings of their parents, youngsters idled about, squandering whatever left in the family, and even engaging in criminal acts. Meanwhile, the elites in the community competed with each other in leading an extravagant life, seriously undermining the traditional social and cultural atmosphere." These remarks reflect the change in folk culture during Shanghai's early modern transformation.

After becoming an open treaty port in the mid eighteenth century, Shanghai embarked on its journey towards a modern international metropolis, chiefly driven by the booming trade between China and the outside world. This process certainly witnessed profound and far-reaching changes in the scale and role of the city, its productive forces and production relations, ways of livelihood for its dwellers, and the mindset of the ordinary people. Particularly noteworthy were the development of modern manufacturing after 1895 and the concomitant rapid growth of population. Statistics show that the population in Shanghai, only 540 thousand in 1852, doubled to 1.087 million in 1910, 2.255 million in 1920, 3.702 million in 1935, and further to 5.455 million in 1949. This means that together with industrial upgrading and economic growth, the population increased by nearly 10 times in less than one century. Such unusual population expansion

bespeaks unprecedented openness of the city, and implies the huge diversity thus produced. Both the Chinese and the foreigners were impressed by the pluralism found in the dynamic metropolis. In their eyes, Shanghai was really a kaleidoscope, available with all kinds of ethnic groups of both China and the world, and available with all sorts of shops, restaurants, hotels and clubs. In one word, Shanghai was the world in miniature.

The nature of Shanghai as a city of immigrants is fully revealed by its demographic statistics from 1885 to 1935. As recorded, the non-native Shanghai people took up over 80% of the population in the Public Concession of the city; even in the "Chinese Areas", generally 75% or so were non-natives. The census in 1950 shows that only 15% of the people were Shanghai natives, while 75% were non-natives. Obviously, immigrants constituted the lion's share of the population. These immigrants had come from both domestic and overseas sources. Domestic immigrants were mainly from 18 Chinese provinces, including Jiangsu, Zhejiang, Guangdong, Anhui, Shandong, Hebei, Fujian, Shanxi, Yunnan and the three northeastern provinces, with immigrants from neighboring Jiangsu and Zhejiang topping the list in terms of the number. International immigrants were from Britain, America, France, Japan, Germany, Russia, India, Portugal, Italy, Austria, Denmark, Sweden, Norway, Switzerland, Belgium, Holland, Spain, Greece, Poland, Romania, Vietnam, etc. At the peak time, there were 150,000 foreigners from approximately 40 countries living in Shanghai. The British were the predominant immigrant group before 1915, after which they were outnumbered by the Japanese. Various groups of immigrants contributed a rich mosaic of colorful lifestyles to Shanghai, greatly enriching the folk culture in the city. Hence such terms as "kaleidoscope" and "the world in miniature".

In line with the socioeconomic restructuring as well as the gathering of immigrants from diversified sources, folk culture in Shanghai experienced remarkable changes. These changes are mainly evident in two aspects. Firstly, under the influence of western powers, customs and habits in Shanghai began to be imbued with lots of foreign elements, particularly with European and American styles. Secondly, with the emergence of a business-based society, all existing folkways, whether native or foreign, came to be incorporated into one unique modern folk culture in tune with a modern urban life. Changes in these two aspects harbingered the process of modernization for China, and Shanghai was in every way a pioneer in this historical process. This overarching process, of course, involved the transformation, juxtaposition and combination of things native, Chinese, foreign as well as traditional and modern. The hybrid nature of a resultant folk culture was reflected in costumes, food, marriage and funeral ceremonies, festivals, entertainment and almost all other aspects of social life, so much as that Shanghai was truly a museum of countrywide and worldwide folk cultures. When people talk about nowadays the "Shanghai style", they just mean this all-embracing incorporation of diverse things, as shown in particular by this co-existence, cross-learning, mutual blending and hybridization of folk cultures here.

After the victory of the Communists, the so-called "scientific, democratic and mass-oriented culture" became the direction of the socialist cultural construction, inaugurating a massive wave of nationwide transformation in all walks of social life. Folk culture in Shanghai therefore became transformed once again in an in-depth manner. Certain faulty folkways like rituals in underground gangs and superstitious practices, considered to be not in tune with the new socialist culture, were eliminated, while some other folkways, now seemingly over-elaborate and redundant for a down-to-earth state and

society, were drastically simplified. In the meantime, lots of civilized and healthy folkways with substantial contents and popular with the masses became established, thus giving rise to a regenerated folk culture full of new vigor.

It is now acknowledged that folk culture, as an embodiment of politics, religion, morality as well as ways of life, is a software of a nation, just as the environment, produce, and other physical objects constitute its hardware. In this sense, the long-running, colorful and dynamic folk culture in Shanghai is the crucially important software of this metropolis, endowing it with roots, identity, and functions as well. Currently engulfed in a new wave of globalization, Shanghai can definitely continue to develop its own folk culture by accommodating to the influx of external cultures. However, a great amount of its folk culture is also being changed or even lost, including those age-old folkways that have been transmitted from mouth to mouth or from hand to hand. While not feeling sentimental about this transformation or loss, we feel it our responsibility to make a record of the folkways that were or still are an integral part of our life, believing that they are, besides giving us warm memories, also one type of resources that we and our future generations can draw upon in forging ahead.

It is guided by this belief that we have decided to compile this multi-voluminous work of Folk Culture in Shanghai, devoting in principle one volume to one district or county. We hope that the well-illustrated volumes will present to the public a multi-dimensional picture of the folk culture in Shanghai, earning not only wide interest but also thoughtful insight in this cultural topic.

总序
普陀卷

目 . . . .
录

壹

贰

叁

普陀区地处上海市区西部，东邻闸北，西接嘉定，南连静安、长宁，北靠宝山。1945年建区（1947年1月正式改普陀区）时，该区范围仅吴淞江南岸一隅之地，面积为2.65平方公里。解放后，政府先后多次从吴淞江以北邻近区县划入土地，扩大政区，至1990年底，境域面积为29.88平方公里，占市区总面积的4%。1992年7月，该区又一次扩大政区，将嘉定县的长征乡、桃浦乡两个乡划入境内（两个乡境域面积分别为6.4、18.83平方公里）。至此，普陀区的境域面积扩大为55.11平方公里。现今的普陀区共辖6个街道（曹杨新村街道、长风新村街道、长寿路街道、甘泉路街道、石泉路街道、宜川路街道）、3个镇（真如镇、长征镇、桃浦镇），至2003年，总人口约为85万。

前言

普陀区境内地势平坦，属河口滨海冲积平原。由于长江携带大量泥沙入海，不断淤积，海岸线逐渐东移，区境部分地区早在唐代以前就已经成陆。由于处于吴淞江下游主河道范围内，陆地的消长演变又异于邻近区县。自古以来，吴淞江横贯区境中部，将其区境划为南北两个部分，近世形成浜南、浜北两个地域板块。这种地域特点对普陀区境内的自然环境、人文社会、经济发展等诸多方面都有着重要的影响。南北两岸支河密布，纵横交错，构成水网，除了对农耕有排灌作用外，且有渔业、航运之利。大部分村落傍水而聚，村民大都以种田或捕鱼为业，一直到19世纪末，境内还是一派农村景象。

古代时期，普陀区的经济主要以传统农业与家庭手工业为主，植棉与纺织是本区的主要支柱产业。元明之际，地处本区西北部的真如渐成市镇，出现了纺纱、织布、榨油、豆腐、酿酒、锻铁、竹木器等手工业，其中尤以手工纺织为最大宗。清陆立《真如里志》即记纱、标布为该镇主要物产，当地农妇纺纱"一手捻三线，以足运输，人劳工敏"；标布有"紫白二色，比户织作，昼夜不辍，暮成匹布，晨易钱米，以资日用"。随后，真如镇在周围农村的植棉、家庭纺织基础上又逐渐形成了以收购棉花和土布为特点的商业与服务业网络。当时真如镇的北弄一带是著名的棉布交易市场，这里经销的土布阔1.2尺，长20尺；翔套阔0.9尺，柔软耐用，缜密为全邑之冠。每当行商来镇时，"附近三十里内，均不惮远道，抱布争售"，年收购量达一百多万匹，并行销东北、广东、南洋等地。真如镇也因此而获得了"铜真如"的美名。民国时期，由于上海市内租界的设立，蔬菜需求大增，本地遂转产蔬菜。当地居民多以种植蔬菜为业，当时真如镇的东栅口、水塘街、北弄、梨园浜等处都设立了专门的菜行，蔬菜交易十分繁盛。伴随着蔬菜业的发展，米业也开始发展起来，民国初期，真如镇成为有名的大米市场，米店多达七十余家，并设有米业公所，后因日伪封锁禁运才逐渐衰落。

普陀区也是上海的老工业区之一。区域境内的吴淞江横贯全

境，这个天然的运输水道为工业区的形成和发展提供了有利的条件。从19世纪末开始，特别是第一次世界大战期间，由于西方列强无暇顾及本地的工业，我国一批民族实业家先后在此建立了榨油、面粉、纺织、造纸、印刷、橡胶、搪瓷、烟草、机器制造等工厂。与此同时，不少外商凭借《马关条约》准许外国在华设厂的规定并且利用租界特权，也在本区境内开设工厂，发展纺织工业。到了1937年，本区境内已有大大小小的工厂777家，职工8.14万人（其中民族资本企业750家，职工5.47万人；外资企业26家，职工2.67万人；官僚资本1家，职工一百余人），在吴淞江以南沿岸的2.65平方公里的地域内，形成了以纺织工业为主体的工业区，纺织业职工的人数甚至占到了工业职工总数的75%。在1936—1937年间，曾一度出现短暂繁荣。抗日战争期间，民族工业遭受了严重的损失。抗日战争胜利后，国民党政府接收了一批日伪企业，官僚资本企业增至840家。

1949年解放初期，全区棉纺织业在全市棉纺织业中占有巨大比重，纱锭数占42.8%，织机数占40.9%。面粉业更是独占鳌头，生产能力占全市面粉业的80%。机电业已具有制造中小型柴油发动机、电动机和成套纺织机械的能力。全区职工9.27万人，其中纺织职工6.64万人。

1979年以来，以全民所有制为主体的多种经济成分的企业有

> 老布店焕发新光彩

了新发展。至1990年，本区共有集体所有制企业171家。一批老厂生产设备基本上已更新换代。全民、集体所有制企业开始转换经营机制，向社会主义市场经济转轨。随着企业自主权的扩大，在技术改造、提高质量、发展品种、扩大出口上有了新的发展。有130家工厂的一百多种产品推向国际市场，在全市出口产值最高的100家工厂中，本区就有5家。目前，本区的工业区主要分布在桃浦、新杨、长征地区，现有工业用地766.31公顷，占全区土地面积的13.93%。按照市、区工业在"十五"期间发展的总体要求，努力将本区内的工业由原来传统式的、有污染的工业转为高附加值、高新技术型、技术劳动密集型、低能耗、无污染的工业，努力发展信息产业、生物医药产业和印刷包装业，全面提高工业的发展规模和水平。

古代时期，普陀区的居民基本上都是本地人口，其住宅散布在集镇、村落之中。据有关史料载，在南宋初年时，本区境内北部木樨侯家宅就已经形成，稍后又出现了管弄。至元代时，出现了仇家巷、庄家弄、观巷等村落，到了明代，居民集居地有所发展，形成了刘家宅、陈家宅、三徐浜、杨家园、李家阁、大李家宅等。清代时期，这里形成了更多的村宅，如在吴淞江北岸的有陈家渡、方家宅、大俞家弄、诸家油车、汪家井、季家库、赵家花园、童家桥、新桥头、南石村、龙潭、念八图宅等；吴淞江南

> "两湾一宅"地区地图

两湾一宅地区
（潭子湾、潘家湾、王家宅）

岸的有叶家宅、陈家桥、七家村、小沙里、蔡家宅、草鞋浜等。村宅民房的房型大多数是砖木结构的低矮平房,少数是以草竹代替木质的平房,其中也有少量的阁楼。古代时期,本区质量较好的住房建筑主要在真如镇。明代中叶成镇的真如镇,中心区有寺前街、南北大街等十多条街巷,民房大多为砖木结构式平房,也有小部分是两层楼房,上层用于居住,下层用作店铺。由于真如地区地段僻静又不失交通便捷,因此当地许多富贵人家在此建房置舍,其房屋前有大客厅,铺地坪砖,后有两进或三进,并有仪门、反轩、雕花凿宇等建筑。

从19世纪开始,随着工业的发展,陆续有苏北、安徽、山东等地的农民来沪谋生,因无处栖身,就在本区的一些工厂附近的荒地、废墟、垃圾场及吴淞江两岸和其他河沟旁搭建草屋、芦棚居住。于是出现了零零星星的草棚居住区,20世纪后,随着大批农民的迁移,形成了大大小小、形形色色的棚户区。本区药水弄、朱家湾、潭子湾、潘家湾一带尤为集中,成为全市闻名的"三湾一弄"。

> 社区居民其乐融融的生活场景

20世纪初，本区的里弄式住宅开始逐渐兴建，其样式主要分为旧式里弄和新式里弄两种，到解放前夕，本区境内共建成各类旧式里弄163处，建筑面积约41.15万平方米，其中石库门住宅约9.76万平方米。在吴淞江南，有2.26万平方米左右设计标准较高，均为房产经营商建造。弄内间距较宽、室内开间大，楼层高，有的还建有东、西厢房，有晒台、灶间，接有自来水。新式里弄主要是20世纪20年代以后才开始出现，大都建造在法租界比较冷僻的地段。其建筑质量比较考究，外观有英国式、法国式、西班牙式、立体式等各种类型，在外形上近似西式洋房，内有卫生设备，一般二楼有阳台，有的前面还有小花园，环境也比较清净，但租金相当昂贵。本区的新式里弄并不算太多，但都是建筑式样美观，设计标准高，布局合理，卫生、厨房等设备齐全，室内高大宽敞，弄堂较阔，环境幽静。

普陀区的教育文化事业具有较为悠久的传统。清光绪三十一年（1905），当时的政府在真如设立了公立初等小学堂（今真如第二小学），这是普陀区最早的新制小学。1925年，潘氏公学始设初中部。1939年，阜丰面粉厂又在区境内创办了第一所职工子弟小学。至1949年下半年，原区境内已有公立中学1所，私立中学2所，公立小学1所、私立小学32所，儿童晚班13所，幼稚班11所，中小学学生和幼儿共1129人，占全区总人口数的6.74%。随着社会的发展，本区内的大学教育也逐渐兴盛起来。从1924年起，区境内先后办起了上海专科大学、南方大学、暨南大学、文治大学、大夏大学、群治大学、大陆大学、华夏大学、正风文学院、东南医学院、中国纺织工学院、上海纺织工业专科学校等12所高等院校。民国十二年（1923），暨南学校迁到真如后，设有商科大学部，专门招收华侨学生和有志去南洋从商的学生，培养高级工商管理人才，这是该校成为华侨高等学府的开端。至1929年时，暨南大学又扩大学校规模，设商、文、理、法和教育5个学院16个系和2个科，聘请知名学者教授潘序伦、叶公超、梁实秋、许德珩、洪深、夏衍、张君劢、沈从文、周建人、谢循初、邰爽秋、廖世承、罗隆基、童冠贤、潘光旦等执教。解放后，在党和政府的重视下，普陀区的大学教育事业得到了进一步的发展，创建于1951年10月的华东师范大学，以原来大夏大学、光华大学为基础，同时调进复旦大学和同济大学等院校的部分系科，是在大夏大学原址上创办的我国第一所社会主义师范大学。现为教育部直属全国重点大学，拥有雄厚的师资力量和先进的教育、科研设施。学校目前设有人文学院、教育科学学院、教育管理学院、学前教育与特殊教育学院、外语学院、商学院、法政学院、对外汉语学院、传播学院、艺术学院、设计学院、体育与健康学院、理工学院、资源与环境科学学院、生命科学学院、信息科学技术学院、软件学院、职业技术学院等18个全日制学院，包括39个系和61个本科专业，其中中文、历史、数学、地理、心理5个专业是国家文理基础科学人才培养和科学研究基地。

在文化方面，普陀区也颇有自己的特色。宋室南迁以后，随着真如地区逐渐开发，当地的各种文化活动也随之活跃起来，并

> 普陀区小学里幸福的儿童

＞有模有样的表演　　　　　　　＞戏班演员们整装待发

出现一批较有名气的文人，创作了一批颇有影响的传世之作。如元代文学家侯寅所著《玉台清照》等作品，在当时已颇有影响。明代韵学家章黼编著的《韵学集成》、《真韵》等，被收入《四库全书》。该区的通俗文化也颇有自己的特色。20世纪初，随着新文化及西方文化的传播，普陀区境内的电影院、戏院、书场、游乐场纷纷开设起来，例如奥飞姆大戏院放映外国无声电影，地处苏州河西段东老河东侧俄人开办的丽娃栗妲村游乐场，兼营舞厅、音乐茶座等。当时的一些华商也在劳勃生路（今长寿路）开办沪西大舞台、共舞台、新舞台等四家简陋戏院，京、沪、淮、越、扬等剧种及常锡文戏竞相演出。这些文化娱乐场所的开设，为当地中外文化与城乡文化的相互渗透交融创造了很好的条件。随着吴淞江畔工商业兴起，前往本区唱曲卖艺的民间艺人纷至沓来，营业性的茶楼书场、街头卖艺、酒馆卖唱等也随之增多，形成了大量具有较强世俗性因素的群众文化与民俗文化活动形式。

　　解放以后，由于党和政府对于群众文化工作的重视，本区群众的文化生活得到了很大的丰富。自1953年在上海第一个工人新村建立文化馆至1959年，从区到基层陆续建立起文化宫、少年宫、俱乐部、少年之家、文化馆、文化站、文化室、图书馆等群众文化活动场所，较好满足了当地民众文化娱乐生活的需求。到了20世纪90年代，全区的群众文化和社会文化活动更是向着制度化方向发展，并逐渐形成自己的特色。例如春有迎春文艺汇演，夏有纳凉晚会（包括仲夏十二夜、楼台歌会等），秋有十月歌会，冬有艺术调演，每年国庆有游园会，还有普陀美展、少数民族文化艺术节、残疾人艺术节、家庭文化荟萃、家庭读书知识竞赛、真如文化庙会等。同时，区内工厂文化、校园文化、新村文化、家庭文化正在扩大外延、充实内涵，向纵深发展。

普陀区的宗教文化在上海也颇有影响。位于今安远路170号的玉佛禅寺，不仅是沪上名刹，也是闻名于海内外的佛教寺院，与静安寺、龙华寺齐名为申城三大名寺。玉佛禅寺始建于光绪年间，首任住持为原普陀山法雨寺禅师慧根法师，他在清光绪八年（1882）时从缅甸请回大小玉佛五尊，途经上海，留下坐佛、卧佛各一尊，供沪上信众瞻礼。光绪二十年（1900）后，他在沪郊江湾

> 公园里儿童们在全神贯注地绘画

> 荡湖船是妇女们热衷的活动之一

> 龙舟赛前的文艺表演

> 文娱活动丰富了人们的生活

> 道士们在做"造度桥"法事　　　> 道士们在做"拔亡斗"法事

车站附近募集资金建造玉佛寺供奉玉佛，占地两公顷余，建寺屋四进七十二间。1979年，真禅法师被推荐为玉佛禅寺第十任住持。在他的努力下，寺宇焕然一新。1981年起，开始举行各种法事活动，并着手筹印和流通一些经书与法物。1982年和1992年分别举行玉佛禅寺建寺100周年和110周年纪念法会。1985年举行传戒活动，由真禅法师开坛传戒，得戒弟子六百余人。玉佛寺内的殿堂房屋构成了一个结构和谐、错落有致的仿宫殿式建筑群。寺院布局完整、气势宏伟，建筑物古朴幽深、梵宇重楼。特别是大雄宝殿，飞檐斗拱，殿宇巍峨，佛像庄严，香烟缭绕，钟声阵阵，梵呗声声，虔诚的信徒香客不绝于途。寺内供奉的具有一百二十多年历史，并被称为国内最大也是最庄严的缅甸翠玉坐佛，吸引了数以万计的海内外信众和旅游者前往膜拜、瞻仰。

位于普陀区真如镇北首的真如寺，原名"万寿寺"，俗称"大庙"，占地近15亩，建筑面积1370平方米，也是上海著名的佛寺之一。始建于南宋嘉定年间，元延佑七年（1320）重建。该寺是我国佛教寺院中为数很少的元代建筑，寺中原建大殿和寺北新修复元代古塔更显可贵，现被列为全国文物保护单位。

沪西清真寺原名药水弄回教堂，又称小沙渡回教堂，俗称"老寺"，建成于1922年7月。原址在西康路1501弄（药水弄）80支弄，1992年4月迁至常德路1328弄3号。

普陀区现有全国重点文物保护单位一处：真如寺元代大殿；区级文物保护单位一处：桃浦镇韩塔；区革命纪念地六处：上海总工会第四办事处、沪西工友俱乐部、上海工人半日学校、十九路军抗日临时军部、申九二·二九斗争纪念地、顾正红烈士殉难处；登记不可移动文物四处：玉佛禅寺、宜昌路消防站楼、中央造币厂旧址、大夏大学旧址；市级非物质文化遗产一项：真如羊肉生产技艺；区级非物质文化遗产四项：真如庙会、近代钱币手工雕刻技艺、长征道教美术仪式、长征江南丝竹；上海优秀历史建筑七处。志丹苑元代水闸遗址被列为2006年全国十大考古发现之一，遗址博物馆正在筹建中。

[一] 饮食民俗

1. 真如羊肉

真如羊肉是闻名苏浙沪的传统风味小吃，成名于清乾隆年间。据《真如镇志》记载，真如羊肉"闻名江浙沪，始于18世纪，已有二百多年的历史……"据传，乾隆年代一条老街上就有三十多家羊肉馆。

>真如羊肉百年老店

羊肉性温，有强身健骨补血的作用。真如人喜食羊肉，自立秋至立春，用于驱寒。清代，当地各乡镇有很多人家都自己养羊，于是羊肉就成为当时普通人家中桌上的常菜。旧时当地农民有伏天食羊肉传统，每天凌晨3时半，农民上街泡茶馆，4时半许，进羊肉馆要上一碟羊肉，酌一二两白干，嗣后一碟羊肉汤面，即下田头。

真如羊肉品种有白切、红烧两种。白切羊肉，在清朝已经开始流行，在当时上海的白切羊肉中，以真如镇所产的最为著名，时称"真如白切羊肉"，尤其在冬季，真如白切羊肉更是人们争相啖食的滋补佳品。后逐步发展，又形成了真如红烧系列羊肉。

白切羊肉，就是在烧煮羊肉时，不加有色调料，成品色泽雪白，羊肉煮熟后，去骨装盆，并将其冷冻起来以存放较长时间，供应时当场切块现卖。后因真如镇北石村人王阿桂的制作在选料和烧煮上有自己独特的方法，口味最为上乘，所以真如白切羊肉又称"阿桂羊肉"。"阿桂羊肉"用料精选，用活宰山羊，随杀随烧，连皮切成小方块，用加有胶木圈的大铁锅烹制，先出白水，再在陈年老汤中焖熟，呈粉红色，有色、香、鲜、酥的特点。之所以用胶木圈，是因为胶木圈围住铁锅后，锅中心温度高，并用熬出的羊油封住汤面。煮好的羊肉容易酥，口味好。而老汤如果连续使用，则汤汁越煮越香醇，羊肉却香酥、醇

>羊肉店内,食客尽情畅饮

>酒店内的聚餐

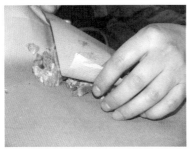

>享受美味后,打包羊肉回去供家人食用

>羊肉店内,羊肉面;羊肉面前,食客醉

烂、肥鲜,如果能伴以陈年花雕,则更是美味绝伦!大铁锅煮羊肉,一次可以烧煮近百斤。阿桂羊肉日售量在150千克以上,其后代还在朱家湾、北新泾开设多家分店。

红烧羊肉又称"生灶羊肉",以红烧羊肉著名的是李润强的余庆祥羊肉店。制作方法是先活宰山羊,连皮带骨切成小方块,按小、中、大的规格用丝草紧扎入锅,再在配以水、糖、黄酒、酱油、葱、姜的老汤中焖成。有卤浓、肥甜、鲜糯的特点,且有酥而不烂、肥而不腻、香而不膻、香甜美味的特点。食时须热锅热吃。

旧时每天都有许多顾客从上海市内外各地慕名来真如享用羊肉,吃完后再大包小包带回家供家人食用。真如羊肉由此闻名遐迩,成为沪上一绝,仅此一项就为当地人带来可观收入。

解放前,真如有六家羊肉馆,1958年合并为一家,名为真如羊肉馆。1987年12月18日,古镇牌白切羊肉,由市饮食服务公司、上海新亚集团联营公司评为"上海市局级优质产品"。1988年10月,被国家商业部评为"商业部系统优质产品"。

真如羊肉工艺制作的传承状况有史记载的从清朝乾隆年间起,有人物可考的则从清末民初起，比较著名的有赵氏、王氏和李氏三支。赵氏经营的是赵氏羊肉馆，赵群林、赵云山兄弟将手艺传至赵阿四、赵阿五等辈；王氏经营的是阿桂羊肉馆，由王桂氏将"阿桂羊肉"手艺传至王阿桂，再传至王阿大、沈建中。后王阿大一支无续，而沈建中将手艺带到沈长兴羊肉馆；李氏经营的是余庆祥羊肉馆，李老太将独创的"生灶羊肉"手艺传至李润强夫妇，再传至李绍骥夫妇。解放后，赵氏、李氏和沈氏等六家羊肉馆合并为"真如羊肉馆"，沈建中担任主厨。沈建中退休后开设小乐惠羊肉馆，由儿子沈小敏经营，可惜唯一传人沈小敏病故后，该店停业。而真如羊肉馆也由一位太仓人士承包经营。

2. 真如豆腐

说起真如豆腐，凡食用过的人都会赞不绝口，可称得上是真如特产，也是真如副食品中的一个王牌产品。

早在1953年，原真如四家私人豆腐加工场由"公私合营"合并成"真如豆制品加工厂"，由于组成人员均为小业主和经验丰富的伙计，因此他们的工艺到家，再加上原料纯，做出来的产品均为上等品。根据生产的品种不同，首先分别选用南方和北方的黄豆，南方黄豆水分多，做出的豆腐"嫩白滑"，北方的黄豆干而油性，因此做豆腐干、百叶结、油皮比较适宜。根据黄豆的浸泡时间和温度的不同，用石磨加工，使出浆率大大提高，然后是烧浆和点浆的步骤，点浆工艺很讲究，基本上做豆腐时要把握好"慢"和"均"，做豆腐干等产品时又要下勺快而轻，不能一勺一个洞，要放下豆花而不碎。

除了以上工艺外，控制好温度、保管成品、容器每天清洁等工作也十分重要。如此选料和加工，操作工艺完善，当然会制作出上等的豆制品，人们哪会有不喜欢的道理呢？所以附近的农民、居民都喜欢到真如来买豆制品。

3. 大众点心

泡饭。20世纪20年代，沪西苏州河两岸建有许多纺织厂，总数有二三十家，占全市一半以上。当时的工厂没有职工食堂，纺织女工们只能自行带饭。一般都是在饭盒内盛上冷饭，放些咸菜或酱菜，吃时用热水一泡，就算一顿饭了。这种吃法因为简便、节省，所以在普通家庭中也很常见。泡饭一般分两种，一种是将饭直接用热水或冷开水泡，叫"茶淘饭"（上海人有时将白开水也称作茶），虽然不易消化，但吃起来十分爽口，适合年轻人；另一种是用饭加水烧滚，叫"饭泡粥"，经烧煮后容易消化，适合中老年人。随着生活水平的提高，现在吃泡饭的下饭菜比过去丰富多了，除了酱菜外，肉松、皮蛋、咸蛋等已是家常佐餐品了。

酱菜。酱菜是普陀人民一般家庭吃泡饭的必备之物。酱菜种类繁多，无法详述，大凡盐腌、酱渍的蔬菜都可归入酱菜。因加工方法不同，又可分成不同的派系，其中扬州酱菜是较为有名的一派。普陀区的万和酱菜厂是市区最大的酱菜厂，前身为万成酱园，开设于上世纪30年代，酱园老板祖籍扬州，精于制作扬州酱菜。该厂将传统的"原菜原卤"的制作方法改成"原菜配卤"的新工艺，形成酱菜鲜甜脆嫩的风格。同时讲究原料的选用，如黄瓜要用粗细均匀、每千克在60至80条之间的子黄瓜，收购季节要在农历芒种、夏至之间；姜要选用产自安徽、浙江的嫩芽姜，收购时间要在农历白露之前，并就地腌制加工，以保持芽姜的嫩性，然后返沪精加工。该厂生产的酱菜达数十种，尤以乳黄瓜、萝卜头、什锦菜、宝塔菜、香菜心、甜醋芽姜等有名，畅销国内外。

大饼、油条。这是最常见的大众食品，被列入上海早餐"四大金刚"（其余两种为粢饭、豆浆）。以前在菜场旁、小街上，到处可见售卖这种食品的摊位。大饼、油条虽然是十分普通的食品，但其制作也有一定的工艺流程。如大饼要经过隔天烫粉、拌熟、晾后放老酵，待发酵后放老碱，烘制前还要揉粉，做成单只生坯，再刷上饴糖水，洒上芝麻，然后贴入专用炉子的炉壁上烘烤。做生坯时放上葱就是咸大饼，放上糖就成甜大饼，放点油酥即为油酥大饼。还可做成豆沙大饼、萝卜丝大饼等。做油条隔天也要和粉，不用老酵，而是用适量的食用明矾、石碱、盐揉和，切成长条摊在板上待用。做油条坯时先将长条的面块压薄，再切成手指粗细的面条，将两根面条叠在一起，用根细棒在中间压条槽，使两根面条粘在一起，然后拿起来转成螺旋状，拉

>90年代，街头小吃摊

长放入浅口的大油锅中氽黄。氽油条要用棉清油，用其他食用油虽然也可以，但色泽就差了。大饼油条虽属于低档食品，但在解放前，普通老百姓能吃上一副，也算饱口福了。约在1948年，药水弄内有家朱复兴大饼店，生意很好。有人在附近也开了一家大饼店，朱复兴的老板想挤跨这家新开店，于是在对方开张当天，叫自己店内工人拼命把大饼做大，以抢对方生意。结果药水弄内许多人家三四天不开伙仓，都来买大饼当饭吃。而新开店因资金少，竞争不过，只得关门。朱复兴大饼店的大饼当然又恢复了原样。

老虎脚爪。又名金刚钳子，也是一种常见的普通食品，一般都是大饼油条摊附带制作的小点心。用一块发过酵的面团，比茶杯口略大，用刀在面团上切三刀，底部要相连，上部便形成六个疙瘩，状如老虎的爪子。烘烤前刷上一层饴糖水，烘烤后上面香软，底部稍硬带脆，可当点心，也可作零食，这一品种近年来已很难见到。有人呼吁恢复传统食品，老虎脚爪也在其中。有的地方已经恢复生产，其价格与大饼差不多，但在王家沙点心店则要卖到2元一只，成了高档点心。

面饭饼。这是一种苏北人的传统食品，在菜场边、小路旁经常可见到现做现卖这种食品的小摊。面饭饼制作比较简单，用的主要原料是大米粉，隔夜和好粉，呈厚糊状，略放些糖，让其自然发酵。第二天出摊时，用一只特制的平底锅，有二尺以上直径，中间有一碗口大的凹塘，盛满水，锅下是一口与之相配的行灶。待锅烧热，用勺子向锅中舀入米粉糊，大小如饭碗口，一锅可放十多只，盖上锅盖，焙上几分钟就可起锅。焙熟的面饭饼上软下焦，底朝外两只对叠，松软而略甜，适合老人和小孩子吃。

阳春面。阳春面也就是北方人所谓"光面"，实际上就是鲜汤加面条。上海人选用"阳春白雪"中"阳春"两个字来称呼光面，显得十分文雅。阳春面是一种价钱便宜的大众化食品，不少人以此当作主食，进店吃碗阳春面，就是一顿早餐或午餐了。阳春面虽然简单，但要做得好也有许多讲究。

开设于上世纪30年代，地处本区大自鸣钟闹市的四如春面馆就是一家以阳春面等面点著称的点心店。该店自设工场制面，严格选料，按规定工序轧制，做到干湿适度，表面光洁，有韧性；在制作汤料上更有独到之处，选用猪肉骨和黄鳝骨吊味，再加入作料香头，使汤汁浓醇鲜美。所以四如春的阳春面可说是远近闻

> 小孩生日，端面给邻居共同庆祝

> 看着孩子吃面时陶醉的样子，你怎能不动心

名，不少人慕名而来。更难能可贵的是该店坚持服务大众，薄利多销。上世纪80年代初，实行市场经济，不少商店都十分注重利润，不愿经营微利的小商品。饮食行业也有"卖一天阳春面，不如做一桌圆台面"的说法。四如春面馆在保证质量的前提下，每天卖足200碗以上的阳春面，以满足群众的需要，在商业系统传为佳话。

牛肉包子。普陀区是少数民族比较集中的一个区，全市80%以上的回族同胞聚居在此，因此清真饮食随处可见，其中牛肉包子就是常见的一种。由于这种食品价廉物美，深受回汉民众喜爱，所以不仅清真饮食店摊都有卖，有的汉族人也照着制作出售。做牛肉包子要用隔天发好酵的面团，切成小块压扁，包上调制好的剁碎的牛肉和蔬菜馅，放入已经烧热的平底油锅中，待锅中生包子摆满，发出吱吱声时，舀上一碗水，盖上锅盖煎煮。几分钟后，包子的底已经煎黄，煎包子师傅就用专用的铁板将包子翻个身再煎，待另一面也煎黄后，就可出锅了。两面焦脆，中间鲜软，趁热蘸着醋或辣伙吃，色香味俱全，确是一种极受大众欢迎的食品。

羌饼。这是当地少数民族设摊现做现卖的一种面制食品。摊位大多设在弄堂口，摊主多为西北地区的少数民族，戴一顶小圆帽，墙上还挂有清真标记。靠墙放一张狭长条桌，是做饼的工作台。沿马路置一个炉子，上放平底铁锅。羌饼做成一尺多直径的饼坯，水分很少，且不发酵，放在平底锅上烘焙，焙熟后很硬，吃起来很费劲，但很耐饥，即使在夏天，也可放很长时间而不坏。卖时随顾客需要用刀切块称量。因为价格便宜，吃的人也很多。

4. 自制酱菜

自制酱瓜。过去真如、长征地区菜农人家吃酱瓜，从不到镇上去买，一般都是就地取材，自家腌制。这些家庭制作的酱瓜不但味道鲜美，而且经济实惠，过粥、下饭，各人自便，因此深得人们喜爱。

每逢黄梅时节，镇里的菜农们便要开始为制作酱瓜而忙碌起来。先是制作腌制酱瓜用的豆酱。先把蚕豆浸泡后煮熟，去皮，捏烂，然后和面粉一起拌和，做成一块块形状扁平长方，如大饼状的酱胚，再用水煮熟，放在帘子上晒干。待其发霉、长满白毛后，再用刷子把所有的白毛刷干净，放入酱缸里。酱缸就像老式的脚桶，上大底小，扁圆形。此时酱缸里已放好煮熟冷却的盐水，把已发霉的酱饼放入盐水缸后，先要浸泡三天，三天后酱饼已松软，然后用手把饼全部捏碎，使其成糊状，再经太阳晒露，继续发酵，一直晒到酱的颜色发紫发红。

酱制好后，就可开始腌制酱瓜了。腌时先选择一些黄瓜、脆瓜、生瓜等瓜类作为原料，把瓜洗净、切开后，用食盐稍微腌一下，让其脱水，然后拿到室外晾晒。等瓜晒干后，选择一个潮水落潮的日子，把瓜放到酱缸里腌制（这是关键的时刻，否则要坏掉的），然后在上面盖上一些通风、透气、透光的蚊帐布（纱布类的也行），防苍蝇、蚊子、小虫掉到酱缸里。这些程序都完成后，把酱缸拿到外面任其晒露。如遇到雨天，就在酱缸上再盖上一个用竹片油搭纸做成的能避雨的盖帽，以遮雨水。等到瓜的颜色发紫发红后，即可拿出来吃。自制的酱瓜味道鲜美，咸淡适宜，而且又嫩又脆，因此深受当地民众喜爱。腌好酱瓜的关键是酱不可多搅，否则要变质。腌好一批后，再照样子腌制另一批。负责腌制的人一定要非常细心，防止雨水流入缸内，仔细观察酱的浓度和颜色,时时留意是否有虫落入,温度与湿度也要合理控制。现在镇里的人们虽然经济条件好了,但每当黄梅时节,一些年老的人还经常会触景生情,想念起当年腌制酱瓜的情景。

自制萝卜干。过去当地菜农不但会腌制酱瓜,而且也会腌制萝卜干。腌时先选择一些刚从地里采摘下来的新鲜胡萝卜,将其洗净后,再用盐腌渍一下,让其脱水。等到咸味吃透,再把胡萝卜从盆里捞出来,放在廉子上晒。经过连续几天的风吹日晒,胡萝卜表面出了一层白芒,此时便可把胡萝卜一根根排放在瓮里。放时要注意将瓮的四周压紧,塞满,使其密不透气,然后加盖密封。经过这样处理后的胡萝卜,存放多久都不会变质。吃起来既有咸味,也有胡萝卜本身的香甜味,用来作为吃饭吃粥的佐菜,真是又脆又香又可口。

自制咸菜。当地农家也有腌制咸菜的习俗。过去每年十月份时,农民们便要把刚采收下来的青菜稍微晒上一二天,让其有点脱水,然后放在大缸中腌制。腌制时先在缸底下稍微放点盐,然后把一批青菜放入其中,等缸装满后,撒上盐,然后数人跳进缸中用脚踩踏。几个人在缸中绕圈数周,将菜踩得有点扁软后,从缸内走出,然后再将一批菜排齐放入缸中,上面再撒上盐,然后数人再进缸,用脚用力踩踏,绕圈数周,将菜踩得出水、扁软。然后人又出来,再将一批菜放齐放满缸中后撒盐踩踏……这样一直循环往复,直到菜填满缸口,然后在缸的上面撒上一层重盐,防止下面盐分不够而坏菜。再在缸口上用竹片、草包盖好,用石头重物压紧,至此腌菜的整个程序便算完成。几天后,缸中的盐水不断融化,青菜的四周被盐水浸漫,密不透气,此时缸上的水便会有盐花白芒。等到青菜的颜色由青变黄,表示菜已熟透,此时便可逐批拿出来食用了,这就是咸白菜。拿出一批后,仍要将菜缸密封,使留在缸中的菜不变质。

腌制雪菜的方法和大白菜大致相同,另外,如是腌制白萝卜、红萝卜之类,也必须先用盐水浸泡,让其脱水,然后再用其他作料泡制,这样便形成了多种口味的自制酱菜。

5．时令吃食

普陀区长征镇历史悠久,世代以农为本,民风纯朴,环境优越,接壤市区，开发较早，以种植蔬菜为主，所以物质条件较好。每逢传统节日，当地民众就经常根据自家条件自制时令吃食，说来也有一番情趣。

大年初一，吃食的品种最为丰富，家家户户在这一天中要忙着制作许多点心食品。早晨的吃食有汤圆、酒酿、米糕等等。

汤圆的做法，是用糯米粉为原料，倒入稀粥，将其与糯米粉一起拌和，然后捏成黏团，再用手将其分成一小团一小团，搓成一个个像玻璃弹子大小的圆子，中为实心。吃时将圆子放在锅里煮熟，盛入碗中，加放一些白糖，即可食用。

酒酿的做法，是先将糯米煮熟，放在陶瓷钵里，然后再放入酒药拌和，把钵头捂得严严实实，放在稻草窝里，保持不透风、不透气、不透光。过一段时间，酒酿发酵成熟，即可食用，味道又甜又香。

米糕的做法，是先在灶头的锅中放上足够的水，锅内再放一个蒸糕垫，糕垫上用白的湿布包好，然后再在糕垫上撒上一些糯米粉（防止粘锅）。糕的上面可放一些赤豆、猪肉、核桃肉、红枣、红绿丝、白糖，然后盖好锅盖，使其不漏气（糕垫四周也不可漏气），下面用柴火一直烧，用水蒸气把糯米粉慢慢蒸熟。本地人蒸糕时，大人要把小孩都赶走，也不让别人多问（这是一种迷信禁忌）。等到火烧到一定的温度，水蒸气冒到锅盖，水滴滴下，表明糕已经蒸好了。由于内放的物品不同，所以糕的口味也各有不同，各家各样。然后把成型的糕从蒸糕垫里倒出，切成片状，即可食用。

中午的吃食主要是团子，团子的做法是先在糯米粉内倒入稀粥，拌和，用力反复搓成有黏性的大团，使其不软不硬，适中为止。然后再把大团分成像核桃大小的一小团一小团，再用手把团子坯搓成圆形，用手在中间挖个洞，再把洞逐步扩大，周边的皮较薄，形状像鸡蛋那样，里面再放馅。团子的馅料主要有豆沙、芝麻、荠菜猪肉等等。豆沙馅的制法是将赤豆煮熟去壳后，再用猪油炒透，放入白糖；芝麻馅的制法是先将芝麻磨成粉，再加入猪油和白糖一起放在锅内炒熟。荠菜猪肉馅的制法是将荠菜洗净后，放在开水里稍微烫一下，然后捞起来等其冷却后拧成团，稍微挤出水分，放在菜板上剁碎。猪肉一般都用夹心肉,将其剁碎成糊状后,倒入容器内与荠菜拌和,再放上油、盐、味精,拌和均匀,要咸淡适宜,不湿不干,馅能粘成团状,然后把拌成的菜肉馅用筷子夹到挖成蛋壳形的团子胚里,用手捏拢收口,再稍微搓圆,咸团子就做成了。咸味馅除了用荠菜为原料之外,也可用青菜、大白菜等。如果是甜味的团子,在收口时,上面要留上一段尾巴,作为甜味的标记。煮团子时一定要用温水,等到把水烧开,团子只只浮在水面上,说明里面的馅子已熟。这时根据各人口味,甜咸自选,即可食用。

晚上的吃食主要是馄饨。馄饨皮子有的是自己做,也有的是去商店买。自己做皮子的人家,一般是用面粉加水拌和,然后将面团用力反复揉压,使其变得柔软有弹性,然后再用擀面杖把它碾开摊薄,划成像饭糕大小,然后一刀一刀切下来,这样皮子就做成了。接着开始包馄饨。先在一只手中托起一张皮子,另一只手用筷子夹上一团馅,放在皮子中间,再用双手把两层皮子捏在一起,使其不露馅,这样馄饨就算做成了。然后把水烧开,将馄饨下入锅,等到馄饨浮在水面上时,说明馄饨已经煮熟了,即可食用,吃时还可根据各人的口味加入各种汤料。

大年初一的晚餐最为丰富,其名称也大都具有讨口彩的意义。例如笋干称"发禄菜",金丝菜称"宝塔菜"等等。

年初七:当地家家都要用大杆秤来称人重量,同时,每个人要吃长寿面。

正月半:除了有庙会,舞龙灯,小孩兔子灯大闹元宵外,家家户户,点上香烛,放上供品,迎接灶头公公进门到灶头上就位。同时在家里壁角落里,插上点着的棒香,讨个口彩叫满堂红。在卧室,床上点上香烛,放上供品,敬床公公、床婆婆,祈求大人、小孩不生病,全家健康。这一天的主要吃食是汤圆,俗称"元宵"。

正月十六:俗称包跳蚤,当地民间必包馄饨吃。过去生活艰苦,卫生条件差,虱子家家有,而没有肉的素馅馄饨,形状像跳蚤,人们祈求把跳蚤统统包起来,用水烧死,以求健康。

立夏:此日当地民间要吃草头面饼,铁匠家这天要吃红米苋、红烧豆腐、红烧肉、红烧鱼、红烧荷包蛋，以示生意红红火火。菜农对立夏这个节气也是十分重视的，因为从此农活要更加忙了。

七月初七：俗称牛郎织女鹊桥相会。长征地区的人，在这一天要用面粉搓成条，然后两条扭在一起，做成"烤"，放在油里氽熟后食用。这是以示有情人你中有我，我中有你，难分难舍，情意经得油氽火炼的意思，所以很受人们喜爱。

重阳节：此日长征地区的人要吃重阳糕，其做法是用面粉和煮熟的赤豆拌和，再放入白糖，捏成一块块长方形，然后放在蒸糕垫上隔水蒸熟。这种食品老人和小孩特别喜欢。

6. 玉佛寺素斋

普陀区玉佛禅寺的素斋，历来就在沪上享有盛誉。为了满足香客及海内外旅游者品尝海派风味素斋的需要，玉佛禅寺特设的素斋部专门制作了各种颇有特色的素面、素菜和素点。玉佛禅寺的素菜自开创以来，就以精工细作的江南寺院菜而闻名于世。它最大的特色是选料讲究，菇类采用上等香菇、冬菇、花菇、猴菇；冬笋去头斩尾选用中上段，质地鲜而嫩；自制的油面筋，质地厚实，吃口糯软。玉佛禅寺著名的素菜菜肴主要有佛手笋、罗汉斋、八珍和合、金钵肉松、功德金腿、素炒蟹粉等，这些名菜在色、香、味、形上都富有独到的特色。如素炒蟹粉选用冬笋、香菇、土豆、胡萝卜以及时令绿叶菜等，再加入特殊作料，精心炒制而成。成菜后，色泽呈金黄色，形状酷似蟹粉，上口鲜糯，蟹味浓重，回味中还有一股浓重的蟹腥味。玉佛禅寺的素菜中另一道名菜"罗汉斋"，运用十八种原料做成，喻意厨师和食客对佛教十八罗汉的虔敬。玉佛禅寺的罗汉菜是用香菇、鲜蘑菇、草菇、发菜、银杏、素鸡、素肠、土豆、胡萝卜、川竹笋、冬笋、竹笋尖、腐竹、油面筋、黑木耳、金针菜等十几种蔬菜再加调料做成，外形丰腴，吃口清鲜，可以和鸡鸭鱼肉制成的菜肴味道相媲美。

玉佛禅寺的净素月饼同样独树一帜，不仅外形古朴，价格也很实惠。其中最受食客欢迎的是五仁月饼。五仁是指松仁、桃仁、橄榄仁、瓜仁和杏仁，香味浓郁，清甜爽口，由于选料上乘，所以别具风味。单是桃仁，便选用新鲜饱满的顶级品。另外苔条月饼也很受好评。苔条其实是传统的海派口味，不过用在月饼上倒很少见。上乘苔条粉间杂细腻的花生果仁粒，品尝时满口鲜苔条香，还有浓浓的桂花味。至于双味月饼的"双味"，其实是指甜咸交杂的椒盐味，用焦糖、果仁、黑芝麻做出的馅料吃来有浓郁的桃肉香。还有八珍月饼，馅料相当丰富，金橘饼、糖冬瓜、蜜生瓜、桂皮、果仁……其中竟然还有香菇、木耳。精致的选料打造出了独特的口味，因而远近闻名。净素苏式月饼也深受人们的欢迎，在2005年中秋之际，苏式盒装月饼每盒38元，而包装更精美的铁盒苏式月饼则每听48元。玉佛寺也擅长制作净素广式月饼。在一款汇集苏式、广式月饼精品的"全家福"套装中，还装有针对特殊顾客需求而制作的无糖月饼。

玉佛寺净素月饼是按照传统制作工艺，与现代化机械设备相结合的方法进行生产的，其操作流程包括：选料、切配、匀拌、捏芯、泡皮、包酥、滚酥、摘苗、包饼、装盘、打印、烘焙、冷却、装箱、包装等十多道环节，每一道流程都设立质量监督员制度。玉佛禅寺素斋部为了真正体现他们素月饼的与众不同，严格遵循净素要求，规定参与月饼制作的师傅都必须素食进餐，不染荤腥。这是很有道理的，因为月饼经由师傅的手制作出来，只有他们的食谱中也没有荤腥，做出来的东西才是"素"到了极致。

[二] 服饰民俗

草鞋浜

很早以前，在普陀区恒业里和小花园交界处，有一条东西走向的小水浜。浜的两岸住着十几户菜农，他们辛勤耕耘却不能维持生活。附近贫穷人较多，购买不起鞋子，尤其是黄包车夫，鞋子损耗很大，于是价廉物美的草鞋便成为一种当地农民生活必需的畅销品。起先，有几户菜民打起草鞋来，他们除了种菜，还利用空闲时间做草鞋。其制法是先把稻草在小水浜里浸一浸，拿起来用木榔头敲敲熟，然后搓绳编织。果然，做出来的草鞋质量很好，销路也广，特别是一些黄包车夫和农民，纷纷前来购买。其他菜民看到可以赚钱，也都跟着做起草鞋来。大家都要把稻草浸在小水浜里，天长日久，连小水浜的水质也变黄了，于是大家就叫它草鞋浜。

［三］居住民俗

1.三湾一弄

> 虽然居住条件差，但也不改上海人爱整洁的习惯

近代以来，随着普陀区区境工业的发展，大批苏北、安徽、山东等地的劳动人民来沪谋生。因无处栖身，他们就在工厂附近的荒地、废墟、垃圾场上及苏州河两岸旁搭建草屋、芦棚居住。在朱家湾、潭子湾、潘家湾和药水弄一带尤为集中，成为全市闻名的"三湾一弄"棚户区。

药水弄位于苏州河小沙渡西南，旧称"石灰窑"。1907年，英商将制造三酸的江苏药水厂迁至境内，后遂改称药水弄。20世纪二三十年代，大批从苏北等地流入的破产农民在浜塘两边搭建棚户居住。抗日战争初期，闸北、虹口一带大批难民纷纷迁入弄内，因而居民倍增，地域日益扩大，成为全市较大的棚户区之一。至解放前夕，住有三千多户，近1.5万人。住屋大多是草棚、简屋及矮小的"滚地龙"。所谓"滚地龙"，就是把几根毛竹片弯成弓形，插入地里作架子，盖上芦席搭成窝棚。没有窗，挂个草帘当门，矮得人要弯腰才能进出。弄内居

> 棚户区狭小的街道一景

早晨热气腾腾的小吃摊吸引了不少
当地居民

> 弄堂小姐妹享受着夏日的清凉

> 棚户区大多沿河而建，形成规模，
图为潘家湾天柱桥旧貌

> 家庭主妇在公用水龙头前为一日
三餐而忙碌

> 弄堂生活平凡却亲切

> 远亲不如近邻

住条件极差，没有水电设施，没有下水道，到处是垃圾、臭水坑，病
疫时常发生。居民中间长期流传着"吃水不清，点灯不明，走路不平，

出门不太平"和"宁坐三年牢,不住石灰窑"等民谣。

潭子湾和潘家湾东邻闸北。20世纪初期,陆续兴建了一批工厂,由于水陆交通方便,居民渐增。潭子湾处于苏州河两个河口,此地曾称"潭子港",这一带也就称潭子湾。潘家湾的得名可追溯至19世纪中叶。当时从苏州迁来一些居民在此河湾居住,形成村落,村民以潘姓居多,故称潘家湾。抗日战争时期,这里曾遭日军轰炸,不少民房毁于炮火。后来陆续添建了一批草棚、简屋,形成范围较大的两个棚户区。1946年后,有从事地货经营的船民小贩,在此搭建"水上楼阁",即一半埋在岸边,另一半靠毛竹支撑,悬空架在水面上的棚屋。这种"水上人家"仅这一带就有346户。每逢大雨,浜内污水泛滥,侵入屋内。插在浜内的毛竹经侵蚀腐烂下陷,常使阁楼向浜内倾斜,乃至倒入浜中。

朱家湾位于潭子湾以西。相传在清代初年,因淮北灾荒,朱姓族人扶老携幼流徙江南。清代中叶,部分后裔迁至此河湾北岸,故改称朱家湾。20世纪二三十年代,由于沪西工业发展,来此定居的劳动人民搭建了许多棚户简屋,形成大片集聚点,这一带也就成了全市较大的棚户区之一。抗日战争前后,有些从苏北高邮、兴化、泰兴等地摇着木船来沪谋生的船民,也在此搭建棚户栖身。不少已破损的船(一种以芦席做篷的小木船)被拖上岸继续住人,有的一家几代人蜷缩在前后舱内。

而今,"三湾一弄"棚户区已改造一新。药水弄已改建为十多幢多、高层的新式楼房,被命名为"长寿新村"。潭子湾和潘家湾被改建为160万平方米的"中远两湾城",成为全市住宅建设的示范点。而朱家湾则在早些时候就被改建为"水边新苑",成为名副其实的近水楼台。

2."滚地龙"与"阴阳街"

旧时普陀区沪杭铁路南侧与光复西路北侧之间有一片乱坟堆。1946年前后,从苏北来沪的难民在其东侧拉搭起"滚地龙"和草棚栖身。"滚地龙"是几张芦席和几根竹片在泥地上搭盖的呈半圆形的小窝棚,里面一般只有一张地铺,棚高仅及成年人的胸部;草棚用毛竹做柱,竹笆涂泥为墙,稻草盖顶,竹笆做门,墙上开个小洞为窗,有的连窗也没有。"滚地龙"和草棚因与西侧的坟堆、尸棺仅隔一条土路，形成死人与活人同处的陋巷狭弄，故此处习称"阴阳街"。

那里的居民晚上点的是豆油、煤油灯，用的是苏州河的水，饮水、淘米、洗菜、洗衣、刷马桶，尽在其中。炎夏，棚内闷热异常，蚊蝇成群扰人；隆冬，满是缝隙的棚壁挡不住刺骨寒风。每逢雨天，棚屋漏水，地面泥泞，难以行走。夜间小孩啼哭，大人喊声"猛猛人（妖魔鬼怪的别称）"来了，小孩即吓得停止哭泣。

解放后，政府于1953年将居民点以西的坟堆、尸棺铲除，辟建成普陀公园。住房翻建成平房、简屋，即光复西路253弄1—63号及35支弄，占地约八千平方米。人们喜把"阴阳街"改称为"迎阳街"。而今，该处已纳入新湖云庭精品水岸住宅小区的范围。

3. 上梁酒

造房子一般都是几十年一次，因此在当地农村被视为头等大事，届时有十分隆重的仪式。其中上梁是建屋中的重大工序，因此届时必选择吉日，由匠人之长（谓作头）口诵成套的吉祥辞语，主持整个上梁仪式。然后工匠数人抬梁木在鞭炮声中缓缓登梯，步步上升，至脊，安置稳妥，并在正梁中用大红纸写上"福星高照"四字，或用红布披于梁木之上，称为"披红"。当放上第一根正梁时，工匠们要在上面放鞭炮、抛馒头、糕点、铜钱、甘蔗等物，整个上梁仪式带有讨口彩、求吉利（即节节高、步步高）的意思。上梁结束后，主人家还要办"上梁酒"，请亲戚朋友和相帮人。亲友们表示祝贺时要送上礼金。另外要备上酒菜宴请施工人员。有的人家还要办完工酒，即在房屋全面完工后再办酒宴宴请各位亲戚朋友。

4. 敲 更

旧时打更巡夜的人称"更夫"。一般都由家境贫穷者担当，以求众人施舍，养家糊口，也有的是有钱人家出钱使然。更夫使用的响器称"梆子"，即由挖空的木头或竹筒组成，也有用铜锣的，以警夜示更。一夜分五更（从傍晚到天快亮时），每更约二小时，半夜为三更，五更为最后一个更时。旧时农家屋多为砖木结构，且几户人家相连。晚上点的是蜡烛、豆油灯，条件好的点煤油灯（有防罩壳），一旦一家起火，就会殃及一片。为了夜间的安宁太平，做好防盗、防火工作，从冬至日起（日短夜长），每个宅院都有更夫巡更。一到夜间，更夫便按"更时"出来，于宅前屋后巡夜，一边敲"梆子"（三记"笃、笃、笃"）或铜锣，一边喊"前门关关，后门撑撑，提防贼盗"、"年近岁逼，火烛小心"、"平安无事"等更语。一边走，一边敲，一边喊，提醒村民关好门、熄灭灯，一直至五更才结束。

5. 新村生活

　　上海解放初期，正值国民经济恢复时期，尽管财力紧张，资金短缺，市人民政府还是设法筹建住宅，作为解决沪西劳动人民居住问题的开端，建设了曹杨新村，成为上海第一个工人新村。继曹杨、甘泉新村后，1953年兴建宜川新村，随后又建造石泉、棉纺、铁路、金沙、永定、同泰等新村及顺义村。50年代后期，建成普陀新村、师大二村、光新一至三村和桃浦新村。1960年又兴建武宁新村及武宁、桃浦一条街。50年代中期，政府在组织建造工人新村的同时，又鼓励企业单位以"自建公助"形式为职工建房。到1960年为止，全区已建成各类大小新村约50个（有些单位所建住宅不以新村命名），总建筑面积约100万平方米。十一届三中全会以后，本区住宅建设步伐进一步加快。1982年和1984年，区境地域又两次扩大，为发展住宅建设进一步创造了条件。通过分批征用农田，先后拆除大李家宅、袁家桥、仇家巷、季家弄、陆家宅、管弄、庄家桥、侯家宅、杨家宅、蔡家浜、赵园、念八图宅、侯家阁、朱家宅、王家巷等老宅基，新建大批住宅。在区境东北部，新建了泰山新村、沪太新村、管弄新村及甘泉新村北块。如今，本区的住宅建设逐渐向高档、新颖、现代化的方向发展，当地政府更加注重城区规划管理工作，形成了一批新型的现代住宅小区，同时住宅建设总量得到有效控制。这些小区规划理念新颖合理，建筑风

＞中远两湾城美丽的夜景

格各具特色，建筑品质高，房型好，小区的整体环境高雅安静，绿化率高，生活设施齐全，满足了正在日益富裕起来，并且具有较高消费水平与审美水平的普陀人的生活需要。

> 曹杨小区景色宜人

> 普陀区长寿社区

> 普陀区曹杨新村

物质生产民俗

【贰】

1. 长征镇蔬菜的特色品种

　　长征镇种植蔬菜起始于清朝末年，当地菜农通晓天文地理，能根据时代的发展与市民口味的变化不断更新品种，致使当地的蔬菜品种不断丰富增多。解放前，当地的蔬菜种植主要有三个系列，习惯称"三大熟（花）"，即：一、春土豆；二、大白菜；三、卷心菜、萝卜、胡萝卜。解放后，随着蔬菜栽培技术的提高，当地蔬菜品种逐渐增加，如豇豆、花菜、韭菜、白头韭菜、茄果麦等一些高产型品种被逐渐开发出来，满足了以菜代粮的需要。

> 挑担的菜农

　　20世纪70年代，由于杂交优势利用和品种提纯复壮，当地蔬菜的花色品种明显增加，种植品种的比例占了45%。新挖掘和增加的品种主要有津研黄瓜、黄狼南瓜、圣柳菜、浙江平湖生葱姜、张圹豇豆、五凤爪茄子、紫角叶、晚来卷心菜等共计五十多个。20世纪80年代，长征乡又进一步扩种番茄、茄子、辣椒、冬瓜、丝瓜、黄瓜、早豇豆、早刀豆等8大适销品种，并压缩了旺季集中上市的大路菜的品种，用菠菜、红萝卜、韭菜、草头等细品种取代。到90年代初，本镇又发展了供应宾馆的蔬菜品种达52个，这些品种在很长的时期一直享有极好的声誉。到1993年，当地的蔬菜品种更是已经达到157个，其中番茄、茄子、辣椒、黄瓜、青菜、卷心菜、花菜、土豆、芥菜、塔菜、豇豆、毛豆、莴苣等蔬菜均为本地当家品种。

　　长征镇栽培的名牌蔬菜品种主要有：

　　(1) 小八叶塔菜：小八叶塔菜迄今已有五十余年的历史，产于本乡真北、曹杨、新村、四中、五一等村。植株叶片塔地而生，形状近似菊花，叶色深绿，叶面皱缩、全绿，叶片紧密，茎细，叶柄短浅绿色。由于它比较耐寒，采收上市时正值蔬菜生产的淡季，又恰逢农历春节前后，加以吃口软糯，味鲜美，深受市民欢迎。此菜受欢迎的另一原因是本市市民在春节期间有食用"元宝菜"——塔菜炒百叶的习惯。1958年运往北京，受到首都人民的喜爱。上世纪60年代中期，曾由蔬菜公司销往香港，同样受到香港市民的喜爱，每亩产15－20公担。随着蔬菜品种的不断增加，茬口安排困难，病虫害增多，小八叶塔菜的种植逐渐减少，目前仅有少量种植。

（2）真如黄瓜：植株攀援生长，茎粗，节间短，分枝极少，节节都结瓜，有的一节结两条瓜。瓜圆柱形，一般长20厘米，横径4厘米，横剖面呈圆形，皮绿色，有十条较平的黄白色浅纹，刺是黑色的，略带瘤状物，单瓜重125－130克。质地脆嫩，皮薄、肉厚、籽少，产量较高。本地区从抗日战争时期就开始种植，曾在五星、新星等村种植面积较广，约占黄瓜种植面积的50%，亩产25－30公担。在现在的五星村梨园浜两岸，当时有秧苗出售，近郊四周来此购买者甚众，后来被肉薄、籽多但生长期短、上市较早的杨行黄瓜所取代。

（3）雪里蕻菜：雪里蕻菜，叶色深绿，按收获期分有早、中、晚三熟。叶披针形，按叶脉有黄种宽叶和黄种细叶之分。寒露前下种，冬季适时移栽，第二年的清明前后收获，收获期较短。本地极少新鲜菜上市，绝大多数腌制成咸菜出售。本乡主要种植在泰安角、童家桥一带。早在民国初年，上述地区就有十多户农家腌制咸菜，每户10－20缸左右（每缸约300－500千克）。到解放前夕，发展到当地约有80%的农户均种植雪菜，甚至外出借地种植的面积近600亩，亩产量为40公担左右。腌制雪菜的农户少则7－8缸，多则30－40缸，也有多达百缸的。腌制时，全村互为帮工，轮流合作，通宵达旦，成为有名的雪菜村。该菜因价格低廉、质脆味鲜、香气横溢、不易变质，故大部分市民都喜爱食用。出售时，或直接送往地货行，或由咸菜贩子上门，按缸论价，逐日提取。在高级农业生产合作社时期（1957）尚腌制千缸，人民公社成立后，即逐步消失。

（4）洋葱：又名洋葱头，分红、黄二种，一般是利用棉花地播种。寒露落秧，十月移种，第二年5月收，收获的洋葱不能堆藏，只能代挂。本地主要种植在现新星、新宅等村。抗日战争时，几乎每家农户都种，少则2－3亩，多则10亩。50年代初约种六百多亩，亩产15－20公担。泰家角农民泰玉山和泰阿生等当时的产销组织者和运输大户都成帮结队地种植，出售时用船只或卡车装运，他们每人每年大约经手2－3千公担，除销给租界内的外国人外，大都运往十六铺地货行转运出口至港、澳、东南亚等地。60年代，棉花不种了，洋葱也随着停止种植。

（5）大红番茄：早在上世纪30年代，本地的新星村泰家角一带就有几户农家种植。品种为上海长箕大红，株高150厘米，叶色深绿，叶片较大。主茎有8－9叶时，出现第一花序，每层花序间隔3－4张叶片。生长势强，较耐寒，属于晚熟种。果实鲜艳、较大、圆整，果皮光滑，单果重150－300克。采摘后，运往西摩路、四马路、三角地等菜场，售给居住在租界的外国人。以后种植者逐渐增多，到解放前夕，当地几乎每家都种，少则1－2亩，多则4－5亩，共种400－500亩，亩产20－40公担，当时真如地货行内的番茄，大多产自泰家角一带。在上世纪60年代，全公社红番茄（北京早红原种）种植面积较大，产大于销，为了减少损失，由蔬菜公司与益民食品厂联系，将番茄加工成果酱后外销。70年代，全公社种植北京早红×满丝红番茄，面积达1200亩，为当时嘉定县之首。在每年6月中旬，番茄上市高潮时，集中大批用作加工，常年数量在7500吨。1967－1968年为最高峰，达17500吨，菜农为了减少损失，深更半夜，争先恐后地排队，抢送番茄。随着市政建设的需要，本乡被征用土地不断增加，耕地面积减少50%左右；另外，加工番茄的收购价格明显低于上市鲜番茄的价格，经济效益不高，因此番茄加工日益冷落，遂于1991年停止。

（6）红干：红干属胡萝卜类。叶簇半直立，株高约50厘米，叶长45厘米，叶宽25厘米，叶柄长33厘米，肉质根粗大整齐，呈长圆柱形，长15厘米，横径4－5厘米。外皮光滑，有光泽，外皮及肉质呈火红色，单个重约250克。7月中下旬播种，11月收获。肉根营养价值颇高，可生食、熟食，质脆，尤宜加工腌制酱菜。本乡红干栽培历史悠久，早在上世纪60年代中期，新星大队就已种植，面积达300亩。

至80年代初，全乡已达500－600亩，亩产20公担，绝大多数用于腌制酱菜。由于栽培、管理简单，省劳力，产量、产值又稳，在地多劳力少的生产队深受欢迎。到90年代初，随着市民生活水平不断提高，人们食用酱菜的量减少，销售不畅，经济效益显著下降，遂迫使红干停止种植。

（7）鳗鲤豇：鳗鲤豇产于本地新村、真北等地，以肉质细嫩肥糯而著称。其豆荚内18粒豆都圆整充实，肉厚而肥糯，可与鳗鲤鱼肉媲美。常年种植六百余亩，亩产15公担，收获期约一个月。自解放前夕到70年代初，前后约二十多年的栽培历史，为本乡蔬菜当家品种之一，后为红嘴燕豇豆取代。

（8）105×黄苗卷心菜：在70年代中期由公社种籽场培育而成的杂交新品种。叶色深绿，结球紧密，开展度50厘米，叶球直径约20厘米，球形扁平，单球重约2千克。耐寒、早熟，一般在播种后90天左右就能收获。春、秋二季均可栽培：春季栽培的在6月上市，秋季栽培的在11－12月上市。从70年代中期到80年代每年种植约一千亩，亩产40－50公担，较一般品种增产30%以上，可取代春卷心菜品种（日本黄苗）。1989年获嘉定县科技成果二等奖。

（9）矮黄×日本大红番茄：矮黄×日本大红番茄在80年代初由公社种籽场培育而成的杂交新品种。株高80厘米左右，花序间隔为2.5叶，第一塔花序生7.5叶。果实圆整，果形较大，色大红，一般果重在300－500克。春、秋二季都可栽培，属于中熟性品种，抗病性强。80年代全乡种植面积600亩，占番茄总面积的60%，亩产30－40公担，比一般品种增产10%－15%，蜚声全市，1985年曾获得嘉定县科技成果二等奖。

（10）苏州牛角茄×宁波条茄：苏州牛角茄×宁波条茄杂交组合是公社种籽场在80年代初培育的新品种。株高平均80厘米，长势旺，结果量大，属于早、中熟，抗病性强。在80年代种植面积约五百亩，亩产30公担，比单品种种植牛角茄或宁波条茄可增产17%左右，1986年曾获嘉定县科技成果一等奖。

（11）E7804抗病青菜：E7804抗病青菜在80年代初由市农科院培

育而成。公社种植早、推广快，该品种具有明显的抗病害能力，属于纯矮箕种。一般株重300－500克，以秋季种植为主。1981年，全公社种植一千五百多亩，1982年种植4750亩，亩产40公担左右，为公社蔬菜当家品种之一，1983年曾获县推广成果二等奖。

（12）黄壳甜椒×上海甜椒F1代：黄壳甜椒×上海甜椒F1代杂交组合，是公社种籽场在70年代后期进行杂交配制而成。株高70厘米左右，枝叶茂盛，抗病力较强，早熟，结果量大，果实大、较圆整，质好肉厚，每只重100－150克。在80年代，每年种植200亩左右，亩产20公担以上。比单品种上海甜椒可提早上市10天以上，增产20%以上，是本乡蔬菜当家品种之一。

2. 菜农的蔬菜栽培技术

以前上海市民的吃菜全靠上海、嘉定、宝山、川沙四县菜农供应，长征是嘉定县之首，同时长征乡在全市十几个蔬菜乡里也是名列前茅，享有声誉。由于长期的蔬菜栽培历史，长征乡的菜农对蔬菜的育种、育苗、栽培、管理、防病、供应、储蓄，形成了一套独特的、科学的先进办法，同时也涌现出一批杰出的蔬菜科技人才，他们经常出国传授技艺，享誉国内外。除了种植蔬菜之外，本镇菜农还栽种过麻菇、香菇、灵芝、白木耳、草菇、香草等植物品种，这些菇类植物除供应本县本乡种植外，还大量运销到外省市，其中又以江苏、浙江、福建、广东、广西为最多。

(1)传统栽种方法

解放前，当地菜农传统的育秧方法一般比较保守，决不肯轻易传授给别人。从6月1日开始，属于火秋播作物，开始下种了，主要品种有花菜、卷心菜等等。花菜、卷心菜的育秧过程有下种、发芽、齐苗、搭秧、移栽定植等。首先是选择落种籽的田块，把土地深翻，浇上肥料，酷热暴晒，土地发白，达到阳光杀菌作用，然后浇足底水，让田块吸干，再把大块泥土敲碎、削平，要求是底层较粗能使土壤保水通气，上层土壤要细软平整，水和空气阳光能渗透，种籽不会漏下去为原则，这样可以省种籽。因为当时花菜籽是相当昂贵的。在落籽之前，再浇足底水，让田块吸干，再削平，尽量做到泥土细软。下种籽时间一般在下午4－5点，土壤里有一定的温度，有足够的水分，还有空气。撒播时，要均匀，不宜过密，做到出芽后粒粒派用场。种籽下地后，用准备好的细软的盖籽泥，均匀地撒在上面，盖籽泥里含有一定的肥料养分，一粒籽也不露出地面，然后再撒上去壳的一寸长的麦柴。麦柴一寸长，空心有弹性，撒在秧地上，有两个好处：第一能遮阴，降温；第二能防大雨冲击秧苗，雨点落在麦柴上，有弹性，不使秧苗过分受伤害，不使嫩苗根须露白、掀根，保证成活率。落籽当天不须浇水，因为底水足，盖籽泥会吸收下面的水分，这样上面的土壤不会板结，始终保持通气、透光、保水。平时浇水要避开高温，一般早晨和傍晚，要轻浇、助浇，用水莲蓬头浇，这样出水量不猛、落点均匀，不会伤秧苗。等到齐苗后，继续长大，苗要拉大距离，俗称叫搭秧。把秧田的秧苗均匀地拔出来，移植到另一块土地里，保持一定的株行距，最好移植的秧苗上面要能遮阴3－4天，这样成活更快。注意跟上肥水，药液防病，到了一定秧龄，即可定植到大田去了。秋播里用麦柴覆盖，这个土办法经济实用。等秧长大了，只等大风一吹，麦柴管自然会刮走。

　　春播的收成好坏，与种籽质量好坏有密切关系，所以一般有经验的老农苗种选籽时十分认真严格。过去由于育秧没有先进的条件、设施，一般都是种中晚期作物，成本省，受霜冻少，便于管理。例如春播的番茄、黄瓜、茄子、冬瓜等，采用河泥块育秧，既保险又省成本。河泥块育秧的办法，是长期实践积累出来的好经验。配制河泥块的材料，一是干猪粪，把平时收集起来的成型的猪粪晒干、打细，没有一点块状，像粉末，然后堆成一堆，加点水让其高温发酵，使其病毒杀死；第二是用已烧过的砻糠灰；第三种材料是河里的河泥。要用的河泥是隔三到五年的，腐殖质比较多的，河泥能

> 犁地后，老农牵牛回家去

翻泡很臭的这种最好。掏起来放在大的铁锅里，拌和以去除硬块，另外把河泥的树叶、树枝或其他杂物挑理清爽，只存稀的河泥。然后按一定的比例，把干猪粪、砻糠灰一齐倒在河泥锅里拌和，然后倒在秧棚的田块里。秧田做得很平，四周高8厘米，河泥倒到秧田口，正好是8厘米，让其把水分吸干，再用定制10厘米一格的拉绳，把河泥分割成10厘米见方的河泥块了。

春播的茄果类种子，先浸种消毒，再播种，等出苗后，到一定的秧龄，把秧苗搭在河泥块上，再过一段时期，秧苗大了，最后才移到大田定植。

（2）现代栽种方法

现代长征镇的蔬菜生产在种植方式上主要采用轮作、间作、套种等方法，增加复种指数，提高土地利用率。蔬菜品种间的轮作方式主要有：1．瓜豆类与茄果类的轮作；2．葱蒜芹菜与叶菜的轮作，以调剂各种作物对耕地所需的养分。间作套种结合自然条件，搭配生产。在一种作物未出地前种植第二种作物。有黄瓜棚套种豇豆或南瓜，豇豆棚里套种黄瓜等。根据各种蔬菜的生态特征和生育特征，间作套种有四种搭配方式：1．高矮间作，如毛豆间作鸡毛菜；2．长短间作，如花菜、卷心菜间作青菜；3．早晚套种，如番茄套种南瓜，黄瓜套种豇豆；4．深浅间作，如茄子、辣椒间作，米苋、鸡毛菜、胡萝卜与青菜混播等。

1955年，本镇农村进入农业合作化时期，全年蔬菜形成了以三大季为主的播种形式：春季以茄瓜豆等为主，播种时间从2月1日到5月31日止，2月至3月为早春播。秋季以叶菜根茎菜类为主，播种时间从6月1日到10月31日止，6－8月为秋播。冬季以叶菜为主，播种时间从11月1日至次年1月31日止。早春播和秋播是为了增加淡季蔬菜上市。

1969年10月，本镇成立了种子场，先后从市农科院引进新品种和少量杂交品种，如红嘴燕、早豇豆、杂交茄子，各种杂交的卷心菜、茄子、花菜、番茄、黄瓜、辣椒等，迅速在本镇繁育并推广。到了20

世纪70年代中期，长征各大队又各自建立了工厂化育苗基地——种子场，采用半高棚及中期的杂交制作工作，把番茄每亩产籽从5千克上升到十多千克，从1980年开始，当地村又发展运用了中管棚育苗技术，不仅可用于冬春两季的保温，也能在秋季遮阴避雨，免虫害，增强抗灾能力，管理操作方便，通风、透光好，薄膜不易磨损，利用率高。后又采用电加温线，可以人为控制地温，防止冬季育苗时期寒流

> 菜农在用铲子收割蔬菜

低温带来损害，促使秧苗出苗齐、快、壮，根系发达。1988年，全乡运用遮阴网，因为塑料遮阴网是新型轻便的覆盖材料，最高遮光率可达75%左右，有利于通风、降温、防止暴雨冲击。

3. 菜农的特色农具

　　普陀区长征镇种植蔬菜的历史十分悠久，当地农民在长期的蔬菜种植过程中积累了丰富的生产经验，他们根据农业的二十四节气掌握作物的播种、栽培、管理和收获，对每块地的土性、地形适宜种植何种品种心中都有数，同时还能注重轮作养地，使菜地始终保持活力，肥料、养分、水分不流失。

　　在长期的蔬菜栽培过程中，当地农民也对种植蔬菜的一些农具进行了改良和创造，并且创制出了一大批适应蔬菜生产的农具形式，它们主要包括：

　　铁镲：铁镲是翻地的主要工具。由于蔬菜大多是浅根作物，一般在土壤的表层5－7厘米，不须深耕翻作，所以菜农在使用铁镲来种植蔬菜时，也对铁镲进行了改良。当地农民用以种植蔬菜的铁镲共有四根刺，刺的宽度则要比种植棉粮用的铁镲宽一倍，其形制是上部较窄而下口很宽（棉粮区的铁镲是圆长而尖，适宜深耕翻土）。种植蔬菜用的铁镲的"翁"是装竹柄的地方，打造时朝内弯一点，这样在安装

竹柄时可以陷得深一些，垄地时入土可达半尺左右。由于土壤表层是熟土，翻作比较松软，同时在刨地时由于刺宽容易平整，泥块刨得细，因此土壤能够较好地保水、保肥、通气，便于作物的生长。另外当地还有一种六刺铁锗，其形状像铁锗，刺比一般铁锗短，但有六根，它的"翁"也更弯，刨地时更平、更细，一般适用于秧棚田块，或者在大田里下种米苋、芹菜这类种籽细小的品种。以前当地菜农在种植蔬菜时，大都用一般铁锗先把地块刨平、刨细，然后再用六刺铁锗加工，将土刨平刨细，使得土壤更加松软、平整，保证种籽的发芽率。

> 菜农使用的工具——锄头

锄头：当地菜农用的锄头比棉粮区的锄头大而宽，"翁"也较塌，装上竹柄使用时着地面积大，可以省工省力。种植蔬菜用的锄头也像铁锗一样只在土壤表层翻动，使得蔬菜地里的肥料和水分不会过分流失。

插刀：种植棉粮用的插刀形状一般大而宽，而种植蔬菜用的插刀则根据蔬菜品种及操作管理的需要改良成小而窄，以便菜农使用时可以得心应手，对荠菜、菠菜、蓬蒿菜等品种进行拣挑而不会伤及周围的作物，并且减少水肥的流失。

粪桶与粪勺：当地菜农用的粪桶大都是用杉木弯板做成，如铜鼓状，上大下小，其好处一是装得多；二是行走时较为平稳，粪汁不容易溅出来；三是田间操作时粪勺伸进粪桶再拿出来方便，而种植棉粮用的粪桶一般都是直板型，形状像玻璃杯一样大。当地菜农用的粪勺，像个大口盆。上面特大，底口较小。靠底口处有一个圆形装柄槽。当地菜农在粪勺上装上竹柄后，把粪水和肥料均匀地泼撒在作物上，操作十分方便，达到了省工省力的目的。

扁担：过去当地菜农用的扁担有两大类，用畚箕挑轻的灰或垃圾杂草等，一般用竹扁担，也有用树干做的小扁担。而如果是挑较重的粪桶，则一律用杨树、桑树、谷树、榕树、麻力棍等树干做的扁担。当地菜农用的扁担根据形状又可分为两种，一种叫"翘梢扁担"，其材料一般用杨树、榕树等柔软性强的树干制成，其形状二头翘起，使用时有弹性，可借力，但技巧性较强，否则扁担容易翻身，会打自己耳光。另有一种是平肩扁担，为平面形，这种扁担只要有力气，人人都会挑。

竹篮：当地菜农在采收蔬菜作物时，一般都用元宝手提篮，例如以前菜农们从地里采得黄瓜、番茄、茄子、丝瓜、花菜、毛豆、卷心菜等蔬菜后，先装在元宝形状的竹提篮里，然后再走到田头，集中装入竹制圆形的排篮。解放前，当地菜农收完蔬菜以后，不管是青菜、塔菜、菠菜，还是荠菜、芹菜，最后都要把它们装到很牢固的圆形大排篮里，然后再挑到市场上卖给货行，或直接挑到市区弄堂叫卖。解放后，大排篮逐步淘汰，装菜工具被一种用钢筋和铅丝编织成的长方形或圆形的铁篮所替代，后来又被长方形塑料箱所代替，最后发展到今天的小包装。

开沟锹：种植棉粮用的开沟锹一般都是长而狭，而种植蔬菜用的开沟锹却是短而宽，其宽度是棉粮开沟锹的2倍。开沟锹的作用一是疏通沟渠，用以排涝，二是开挖沟渠，便于田间管理。过去当地菜农抗旱时一般都要用锹开挖沟渠，这种沟渠称为"令头沟"，其形宽而浅。干旱时，菜农们先用机器放水，将水直接引到田沟里，然后用粪勺从沟里取水浇灌田间作物。以前当地的菜田里一般都是每令田都要用锹开沟，以小沟通包围沟、包围沟通大沟、大沟通河流的方式，达到旱涝保丰收。

镢子：镢子是当地菜农采收草头时用的一种专用工具，造型像一把小型镰刀，弯弯的月亮上面有个铁柄。挖起草头来既轻便又灵活。

削菜刀：削菜刀也是当地菜农采收蔬菜时用的一种专用工具，其形制狭长而薄，后部带有木柄，使用时轻巧、锋利，可以把菜根一刀削齐。它主要应用于采收鸡毛菜、筒罐菜、米苋菜等。

种菜刀：这种刀的形状像普通家用菜刀，但是制作得比较小而轻，是菜农在种植各种菜秧时用的农具，主要是在种植番茄、黄瓜、大豆、青菜、芹菜、花菜、卷心菜、冬瓜时使用。另外，此刀还可用来采收花菜、卷心菜、萝卜等蔬菜。

> 菜农在自家地里劳动

翘耙：其形制为长方形，前面为弧形，后面朝上翘起，中部有个圆形空柄，里面装上竹柄和长方形铁板，三面向上有个颈，前面弧形有快口，装上竹柄，就可使用。它的作用是在开沟时用以清除沟底的浮泥，把沟底铲得平整。

4.真如羊肉制作技艺

真如羊肉之所以成为传统名牌，全仗当年的烧制师傅一番不寻常的努力。为了把羊肉烧煮得可口入味，师傅们不得不遵循制作加工的规矩。

首先，原料要精选。对真如镇四周农户所养的羊，要有一个详细的分析，做到心中有数。选择活羊原料，重在查看羊的牙口，一般2到4牙口的羊最好；其次，宰杀活羊时要尽量不割断食管、气管，不让活羊体内的脏物污染羊肉；第三，过汤要严格控制热度，太冷太热都不行，会伤害羊肉的质地；第四，烧煮时要用一只大铁锅，上有接口，可加铁圈。一只大铁锅一次烧煮十四五只整羊。排列也有讲究，8到10牙口的老羊要放在最低层，叠上6牙口的羊，再放上2到4牙口的嫩羊。煮羊的汤料要用清爽的陈年老汤；第五，在烧煮一个半小时之后，就开锅，去掉油，闷在锅里；第六，在闷过夜之后，到第二天的凌晨三点钟出肉。出肉后才开片，再作深加工。只有经过如此精细的加工过程，才能赢来真如羊肉的美名。

市镇贸易民俗

【叁】

过去上海郊区民间流传着这样的谚语："金罗店、银南翔、铜真如。"这并不是说上述三个地方有什么金矿、银矿和铜矿，而是指它们物产丰富、市场发达。真如能跻身三甲，靠的是它的经济实力。

真如镇因元代真如古寺而得名，缘寺集市成镇，有六百多年历史。它自元明开始，即以植棉及手工纺织驰名。清道光年间，真如的杜布、翔套及紫、白两色的标布，年产量达100万匹以上，远销东北、两广及南洋等地。清末民初，真如镇遂成为上海西北蔬菜集散中心。加上每年农历四月初八浴佛节举办的真如庙会，一时万商云集。在棉布、棉花及后来蔬菜购销的带动下，镇上街市形成了以米行、茶馆、饮食小吃等为主的商业特色。从此，"铜真如"闻名天下。

> 曹安路水产市场

> 曹安路水产市场中热闹的场面

1. 真如的集市与店家

解放前，真如的集市主要做农民的生意。北到石桥、江桥，南到杨家桥，东到童家桥，西到季家宅，方圆几十里内的农民，每天清晨就带着蔬菜、农副产品到真如来吃早茶。当时真如镇的南大街、北大街、穿心街、市前街全是集市，四条街的中心就是集市中心。农民们在这里沿街叫卖，或在商店前面出售。

镇上的南货店，要数杨万顺茂泰商店最为有名。所谓南货店，其实是南北货杂货店，店里样样东西都卖，有桂圆、枣子等干货，也有香烛、锡箔卖，连草纸、肥皂也有，凡是农民们需要的日用百货，大多有供应。

> 小店为人们提供了贴心的服务

以前真如镇上的羊肉店，以北石路的羊肉阿桂最有名，是专供白切羊肉的，要吃红烧羊肉就要到余庆祥去买。镇上的布店，原有两家，即东周源顺和西周源顺布庄。后来，两家的阿大先生（相当于后来的经理）分别从原布庄跳槽出来，

> 市民排队购买真如羊肉，老店生意蒸蒸日上

合起来又新开了一家鼎源祥布店，店址选在北大街、穿心街附近，有五上五下，店铺的面积很大，伙计也不少，有十多个人。抗日战争时，遭日本飞机轰炸，把鼎源祥布庄炸了个精光。不久，又在稍北的地段开出了新的鼎源祥布庄，

> 沪西水果市场

> 羊肉店内，食客满堂

仅二上二下，规模缩小了很多。

　　在很长一段时间内，真如镇上的饭店只有潘义谋一家。来饭店吃饭的，大多是卖掉蔬菜的农民，他们吃得很简单。

　　集市的主要顾客是周边的农民，有时，上海市区的居民、商人也会来采购一点货物，所以真如镇的集市十分兴旺，天天都很闹猛，在大上海的西北角十分著名。

2. 杜布交易

> 老布店内景

真如人称土布为杜布。这种布的门幅宽约40厘米，长达3－4丈。质地柔软耐用，深受周边民众的喜爱。原来的土布都是白的，后来有染坊可将土布染成各种颜色，更便于人们裁剪衣服。

　　真如地区早在元代就开始生产土布，明代以后，纺纱织布逐渐成为真如镇及其周边农村最重要的副业之一。当时的真如镇上几乎家家都有纱车和脚踏织布机。农妇们利用空闲时间每天穿梭不停，织成的一匹匹白色土布便由丈夫带到真如镇去设摊销售，由于土布生意兴盛，后来在真如镇的北弄一带形成了专门的土布交易市场。

当时来市镇交易土布的，不只是真如镇附近的农民，诸如大场、北新泾、江桥、桃浦等地的农民，都经常会拿土布到真如集镇上进行买卖交易，一些来自松江和上海市区的商人

＞各种布料摆放得整整齐齐，等待着顾客挑选

也会经常赶来这里批发购布。旧时当地一匹土布可卖到一元洋钱，质量好一点的可卖到一元二角。

由于土布交易市场十分兴隆，随地随卖的经营方式开始逐渐落伍，于是后来便产生了土布行。土布行实际上是一种从事土布生意的批发机构，它向个体农民进行集中收购后，以大批量的形式出售给一些需要较大货量的客商，最远一直售到广东、南洋等地。民国初年，真如镇的土布交易达到鼎盛，当时一年的土布收购量常常达到一百多万匹。但到了20世纪20年代以后，随着洋布的充斥市场，真如的土布逐渐衰亡，镇上最后一家收购土布的布庄终于在民国九年（1920）前后停止了运转，从此，土布永远地退出了真如的交易市场。

3．跑单帮

过去真如镇周围农村大多以种植蔬菜为主，蔬菜之外的日常用品都要到真如镇上购买，因此当时真如镇上的一些小青年常常要三五成群地到周边城镇去采购生活物品，然后运回来销售，这种做法俗称"跑单帮"。届时三四个人每人骑一部脚踏车，到闵行、松江、嘉定、浏河、太仓、浦东等地四处巡游。每到一处，多少都会收购到一些物品，然后再运回真如镇，从中赚取一点差价维持生计。

那时当地的跑单帮既没有固定的成员，也没有相关的组织。三四个小青年傍晚时一碰头，就可决定去向。到了第二天，大家准时来到说定的地方集合出发。到了目的地，先去热闹的地方探寻一番，找到当地的捎客（也称"白相人"）作介绍，然后到私人货主家里谈价钱，

如价格谈成便可成交。这种由掮客出面的帮忙推介一般是不收费的，只要请他吃顿饭就可以了。

采购的货物大都是真如周边居民需要的一般日用品，对于跑单帮的人来说，只要有差价可赚，不管是何种物品，例如米、盐、黄鱼、咸鱼、杂粮、日用品等，都在贩卖之列。这些跑单帮的人一般要对货源的产地十分了解，例如贩卖咸鱼一般都到浏河，贩卖大米则大多到常熟，贩卖盐则大多到南汇等盐场……采办来货物后，最担心的是路上的安全问题，因为如果一旦被稽查，轻者要罚款，重者要坐班房。物品运回来后，就在真如镇上设摊出售，或转手给小贩。

4. 蔬菜的销售与行语

普陀区长征镇种植蔬菜历史悠久，品种齐全，在全市所有种蔬菜的乡镇名列前茅，当地菜农以种蔬菜和批一点蔬菜来贩卖贴补家用，

> 曹安蔬菜市场批发商正在忙碌

> 曹安蔬菜市场十分热闹

> 曹安蔬菜市场上蔬菜种类繁多

及时出售或卖到一个好价钱，又能及时赶种下一茬蔬菜，不误农时。所以在上世纪20－30年代，本镇就有人开设了蔬菜交易的地货行。在真如的东栅口、水塘街、北弄、梨园浜等处，大小有二十多家，四面八方的菜农纷纷挑菜赶市出售，场面非常热闹。

过去，本地区菜农一般是自种自卖，也有除自己种植外，再批一些蔬菜去集市卖，土地少的菜农则是全部靠批卖的蔬菜赚一点地区差价。少数菜农用肩挑菜担到市区沿街叫卖。多数菜农将菜运到地货行出售，地货行抽取5%的佣金。当时在闸北中兴路一带、朱家湾、曹家渡、北新泾、小洋桥、太浜等处地货行很多。菜农赶早市在凌晨二三点钟就要摸黑挑担上市，不管风雨下雪，菜农与菜贩都是整筐、整担、整批地随行就市，当场看货成交。还有少数菜农在市区租有固定摊位，用自行车或拖车直接将菜运到摊位上销售。

这一状况，一直持续到解放后公家接管蔬菜销售渠道后才终止。在这漫长的岁月里，菜农在蔬菜行业中因在销售价格、信息方面的需要，逐渐创造了一套表示价格数字的专用行话，适用范围只是在菜农和菜贩购售蔬菜时专用。这套行话虽然现在已不再流行与使用了，但年老的菜农们还记忆犹新，偶尔碰在一起会情不自禁地用行话来交谈蔬菜的市场价格。由此可见，他们对这套独创的话语仍有着很深的感情。

下面是当地菜农们在蔬菜交易时经常使用的一些表示数字的行话，如：

1. 老元	11. 带料	21. 拉债	31. 央斋	41. 孝斋
2. 时浩	12. 料组	22. 拉时	32. 央时	42. 孝时
3. 老央	13. 宿央	23. 拉央	33. 叠央	43. 孝央
4. 老孝	14. 宿苏	24. 拉苏	34. 央苏	44. 孝苏
5. 赤浪	15. 宿卅	25. 拉卅	35. 央卅	45. 孝卅
6. 权浪	16. 宿权	26. 拉权	36. 央权	46. 孝权
7. 线浪	17. 宿线	27. 拉线	37. 央线	47. 孝线
8. 少浪	18. 宿孝	28. 拉孝	38. 央孝	48. 叠孝
9. 欠浪	19. 宿欠	29. 拉欠	39. 央欠	49. 孝欠
10. 阳春	20. 时浩	30. 老央	40. 老孝	50. 赤浪

这些字的发音都必须用本地土音来读，老元代表1的数字，这张表代表从1~50，超过50的，也可照此规律运用。

5. 潘义谋饭店及习俗

旧时的真如镇仅有潘义谋饭店一家，潘义谋饭店老板叫潘洪禄，饭店的帮手都是自己的姊妹兄弟等亲戚。饭店的顾客大多是周边卖菜的农民，他们卖完菜后，到饭店里来吃饭，一般都吃得很简单，一两只家常小菜，二两白酒，一碗饭。饭店的堂倌，一边接待顾客，一边高唱，把顾客需要的菜名、价钱都报进厨房，等顾客用完餐，账台上早已算好了总共多少钞票。

家常小菜大多是肉丝豆腐、咸肉豆腐之类，突出一点的，有汤三鲜、炒三鲜，最有名的当数一码鳝糊，送上桌时，油还在鳝糊中间翻滚。白斩鸡、全家福也是很有名的佳肴。一般情况下，鸡、鸭是不多用的。如果要吃酒水，摆上两三桌，甚至四五桌，就需要隔夜来打招呼。根据东家的要求，饭店派人预先到曹家渡、三官堂去进货，碰到大热天，就要买大冰块作保鲜用。

每年过年到元宵节前后，街上的一些无业人员总会装扮成加官的模样到饭店门口去跳加官，口中叫着"恭喜发财"的口彩，然后向饭店老板讨东西。此时饭店的老板总会拿出一点钱或物品送给跳加官的人。接着，舞龙的队伍又来了。舞龙的一群人一般先到庙里向菩萨祈祷祝福，然后就舞着龙灯跑到各家饭店的门口表演各种舞龙动作，并说一些祝福吉祥如意、恭喜发财的吉利话。按旧时的规矩，此时饭店老板要把准备好的半斤蜡烛送给舞龙者，收到蜡烛后，舞龙者才会转身向另一个目标走去。

6. 鼎源祥布店习俗及暗语

20世纪三四十年代，真如镇上有许多布店，其中最有名气的一家，是位于镇北大街、穿心街转弯角上的鼎源祥。该店门面五上五下，经营出售的布料品种十分丰富，主要品种有花布、府绸、呢绒、香衣纱等布料。这些布料大都从上海批发行批发来，其主要的销售对象是本镇的居民以及周边的农民。

旧时布店在做生意时，大多要与顾客进行讨价还价。为了便于店员在与顾客讨价还价时记忆,布店老板事先都会准备好一些票签系在每匹布上,票签上写有一些独特的暗语,用以标明布匹的成本价,这也就是讨价还价的底价。如果店家听到顾客最终开出的价格高于这个价格很多,便表示这一交易颇有利润可赚,于是生意就可成交;如果店家听到顾客最终开出的价格高于这个价格不太多,便表示这一交易没有多少利润可赚,于是便会继续与顾客讨价还价下去。但不管讨价还价的结果如何,这个底价总是不能突破的。由此可见,让店员在与顾客进行讨价还价时了解底价非常重要。但是这个底价又不能让近在咫尺的顾客知道,于是布店中便想出了在布匹上用一定的暗语标签标明底价的方式。

以前鼎源祥所用的数字暗语是"志"、"远"、"成"、"鼎"、"业"、"勤"、"精"、"固"、"源"、"祥"这十个字,它们分别代表一、二、三、四、五、六、七、八、九、十。这十个汉字出现在票签上时,却又不写全整个汉字,只取每字的部分,如"志"字,只写上面部分"士","成"字只写"戈","勤"字只写"力"。店里的伙计都是熟知密码的含义,而外面人见了此等暗语,却是一头雾水,莫名其妙。选用这十个汉字,又可分成两个句子"志远成鼎业,勤精固源祥",意在激励自己不忘勤奋,精益求精。

7. 赊欠习俗

旧时真如镇上的布店经营既有现金交易,也有赊欠交易。该镇周边的大部分农民到集市卖掉蔬菜后,大多要买点日用品回家,因此身边很少有多余的钱,他们到布庄剪布后,大多只得采用赊欠的方式。而当地的一些布店为了做活生意,也常常会同意赊欠。届时顾客只要到账台上写明村庄、姓名,就可以将布料带回家。到了年底,账房先生便会带着账本下乡挨家挨户地去讨债。由于大部分农民家庭都不富裕,因此所欠的账往往需要反复催讨,一次只能收到一部分。如一户农民一共欠布庄5元钱,那么一年中能收到3元已经算很不错了,余下的2元便会转入新账,待到第二年再去催讨,这种做法在旧时的真如地区十分普遍。

由于农民经常欠布店的账,于是布店也就欠批发行的账。平日里,鼎源祥派专人到批发行去进货也都是赊欠的。到了年底及其他节日时，批发行的老板也要常来布店走动走动，催讨货款。当地俗语云："端午节，行家来看看；八月半，行家来算算；年夜头，还一半欠一半。"布店是如此，其他的商店也是如此。平日赊欠成风，年底账房先生忙于讨债。旧债尚未还清，又欠下新债，年复一年，周而复始。

人生礼仪民俗

[肆]

[一] 婚嫁民俗

1. 传统婚姻礼俗

旧时普陀各个乡镇民间婚嫁，有许多传统的礼俗形式。

（1）定亲：又称攀亲。旧时本地男婚女嫁，多由媒人（能说会道、有一定资历和威望的女性长者担当此任）牵线搭桥、穿针引线促成婚姻。到了谈婚论嫁时，男家便要首先邀请媒人向女家讨"年庚八字"（俗称"讨八字"），女家向媒人问明对方门第、家境等情况，如有意，便由父亲将女儿的"年庚八字"写在红帖上（俗称为"八字帖"）交媒人带到男家。然后男家将"八字帖"供于灶君像前，若三天内家中没发生意外不吉利的事，便请算命先生按天干地支和金木水火土五行阴阳学说合"八字"，卜男女双方有无冲克，如认为不合，则退还"年庚八字"；若男女双方"八字"相合，便由媒人将男家求婚红帖子送至女家，双方家长同意后即行定亲。

（2）纳彩：订亲后，男家须向女家馈赠信物，称之为"纳彩"或"行盘"。一般富家成婚纳彩之礼有银币、饰物、茶叶、面粉等等，通称"金芽玉尘"。此中茶叶不可少，当地民谚称"千金万礼买不动，四两茶叶定终身"。所以，女家一经受茶，便不得赖婚。另有枣子、花生、桂圆、松子四物，取意"早生贵子"。这些物品准备停当以后，男家便要请人用红漆竹盘装载挑着由媒人带领送往女家，当地一些富户人家，也有不用盘而用"直箩棋"（木制长方形红漆送礼器具）的。女家收到礼品后，要用红绿色染的大米相赠，此称为"金珠玉粒"；还有的包大粽子一只，谓"太婆粽"，周边置小粽子 5 - 15 只，取意"五子登科"，也有少数人家以家传宝物作为男女定亲的信物。

婚礼之前数月，男家由媒人领着赴女家约定迎娶日期，俗称"送日脚帖子"，此时男家要再赠女家金银首饰若干件，布匹（俗称青绿布）十匹左右，衣衫若干件，嫁妆费几十银元等。若女家无异议，即双方着手准备婚事。

（3）迎妆。本地民众也称之为"搬嫁妆"。按当地习俗，婚礼之前一天的午后，男家便要邀亲友在媒人带领下去女家迎取嫁妆，女家准备的嫁妆多少则根据经济情况而定。一般为大木橱、镜台、箱子、春凳、脚盆、马桶（俗称子孙桶）和日用品等，最节俭的是准备脚桶、马桶等七件日常生活必需品；家境稍丰的则要有双箱四杌；再丰裕一些的家庭则要有一橱两箱或四橱八箱，并要附上"垫箱钿"、"花粉钿"。其他如被子等日用品一应俱全。箱橱等物越多，表示越有场面。本地有句话"穷养儿子富养囡"，意思是女儿出嫁，嫁妆少会被夫家看不起。因此，许多人家尽管家中很穷，也要借了铜钿为女儿撑"面子"。

嫁妆的一部分由亲朋馈赠，称"助妆"。嫁妆中被褥由"全福人"（父母、兄弟、姐妹、子女和丈夫都健在）的妇人缝制，折叠时内放喜钱、脚桶、脸盆、子孙桶（马桶），桶内还要放红蛋、枣子、长生果、棉籽、甘蔗等，讨"早生贵子"、"五子登科"、"节节高"等口彩，嫁妆上均贴上大红喜字，男家来迎妆的工具称"喜门担"，均贴红纸。

迎送嫁妆时，女家先将嫁妆置于客堂正中，男家搬嫁妆亲友到女家后，由女家招待小坐片刻，待女家父母同意后方能接妆。嫁妆搬至男家门口，要点旺盆，放鞭炮，将所有嫁妆置于客堂，供亲朋好友和左邻右舍观瞻，然后再移进新房，此时小孩子们可以上去抢这些桶内"五子"，子孙桶置于新房后，必须请一个小男孩先撒上一把尿（意示夫妻婚后生男孩），然后由"全福人"将箱子逐一验点，并向亲朋好友、左邻右舍展示。

（4）迎娶：也称"好日"。按当地习俗，迎娶新娘均须用花轿。花轿分硬彩轿和软彩轿两种。硬彩轿外观华丽、五彩缤纷，十分引人注目，有八人抬轿，多为富人家用；软彩轿则是在蓝布上绣以各种花鸟图案，由四人抬轿，一般为平民百姓所用。

迎娶之日，男家首先要请本地丝竹班到场，丝竹班一般十多人，使用笙、箫、笛子、琵琶、二胡、三弦、擦板、敲铃等乐器，各乐器头上扎

> 敲锣打鼓花轿迎娶新娘

有蝴蝶、宝塔、双龙彩凤、花篮等各种彩头,五彩缤纷,十分好看。午后,男家发轿,先由媒人、乐队等簇拥花轿前往女家,随即新郎也整装出发,花轿在途中经过村宅,乐队必须鸣奏各种欢乐喜庆的应景曲调。迎娶队伍上方进(走直角大道)行至女家场角时,一路吹吹打打,鼓乐喧天。等到男家迎亲队伍即将到达时,女家亲友要把长凳横搁于门口,向男家索取"阃仪",即所谓"开门钱"。本乡有句俗语叫做"彩轿到场角,要有沽女钱"。男家给过钱后,女家放爆竹将迎亲人员迎接到大门口。轿夫把花轿安放在客堂门前。此时新郎进入女家拜见丈人丈母,并应付女家讨要的各种礼金,如女家厨师的"喜红钱";丈母娘的"洗尿布钱"(丈母娘养囡的辛苦钿)等。然后新郎和接亲的人要吃女家准备好的由莲心、枣子、水潽蛋组成的点心,意取夫妻连心,早生贵子。新娘准备上轿前,还须费许多口舌,直到媒人多次催促女家或男家接亲人放爆竹催行后,方能成行。新娘上轿前,母亲与女儿要对唱"哭嫁歌",内容多为娘叮嘱女儿到婆家后如何孝敬公婆,尊重伯嫂,团结邻里,夫妻和睦等等。然后,喜娘为新娘开额,梳妆打扮,穿上凤冠霞帔,戴上墨镜。新娘吃过上轿饭后,由其舅舅或哥哥抱送上轿,并为新娘换上新鞋(意示女家的晦气不带进婆家门),花轿内放有脚炉,称之"旺盆",意为兴旺发达。此时鸣炮启轿,乐声大作,观者如堵。一路上媒人在前,众人相随,伴以丝竹乐曲"行街"开道。婚轿途经村宅,时有村民挡路,古称"障车",此时又要由媒人出面打招呼,发喜糖,方可通过。新郎走出女家村宅场角时,再要陪亲人一起回头走进女家,拜见丈人丈母,俗称"拜丈母",并请阿舅同行。然后阿舅等人再随同前往男家赴宴。

花轿抬至新郎家门前,须放鞭炮,烧旺门(即用三根青竹搭成,四周放豆萁、麦秸,然后点燃,本地习惯称"双旺门")。然后新郎新娘进门举行拜堂仪式。此时客厅内平排台子两只,上供香案及蜡烛二副,一副插龙凤花烛,另一副插子孙烛。龙凤花烛必须在子孙烛上点着,此时新娘由"全福人"(也称"喜娘")搀出轿,脚踩红地毯,扶进客堂,与新郎拜堂。丝竹班吹奏《玉娥郎》、《小开门》等应景曲调。新郎新娘手系一根红绸带,中间打一个"鸳鸯结",名谓"叶长长"。在司仪的主持下，两人一拜天地，二拜祖先，再夫妻交拜。礼毕送入洞房。此时吹奏《欢乐曲》《柳青娘》等应景曲调。随即宾客入席，开怀畅饮，酒席往往吃到半夜方散。

＞新郎新娘踏着红地毯，在亲友祝福下踏上新旅程

（5）闹房：新郎新娘进入新房后，有"闹新房"习俗，亦称"暖房"。此时长幼老少可以与新郎新娘逗笑取乐，或叫新娘点烟、分糖、喝酒、唱歌；或要新郎新娘接吻，同吃苹果，也有的要新郎新娘做难堪的动作，拿恶作剧当有趣。当地民众称此为"三天里头无大小"。此时新郎新娘必须百般忍耐，不得动气；当家人也不敢干涉，一般闹至三更方静。然后，由全福人撑帐子、铺床被、看花烛（新房一对花烛是不能熄灭的），待众人走后，新郎新娘方可圆房。

（6）三朝回门：婚礼第二天，新郎新娘要到庙中祭祀行礼，有的还要开祠堂门拜见祖宗神主牌位。然后拜见长辈和诸姑叔伯，此时长辈都要给"赞见"（即见面钱，又称"小人情"）。然后新郎新娘再见平辈，最后再见小辈。新娘过门后，称呼要降一级，如夫兄称伯伯，夫弟称叔叔。第三天，新娘领新郎"归宁"（即"三朝回门"）。这天新郎新娘要带着水果、礼酒、香烟、糖果去女家拜望，回门途中必须新娘走在前，新郎走在后。当天女家一般都要摆酒席招待新郎，称"回门酒"。下午吃过点心后，新郎新娘告辞女方家长，然后同路而归。此时必须新郎在前，新娘在后，而且必在太阳落山之前归家，如果晚了，有不吉利之说；此日新郎新娘必须当日即归，俗谓"新婚不空房"。后多为婚礼第二天新郎陪新娘回门即可。媒人从定亲到回门，任务完成，有共吃十八只蹄髈之说。结婚满一个月后，新娘回娘家可小住数日。

（7）邀吃酒：迎娶之日确定后，双方家长即要通知各自亲朋好友到时来吃喜酒。届时一般主人要亲自登门邀请，也有的用红请柬送达，或以口头告之。通知的内容主要包括结婚日期、结婚地点、邀请对象

（多数是按辈分请的）等等。若是直系亲属和长辈，按当地习俗还要提前一天请到。届时新郎要事先定好花轿、丝竹班、茶炉子等迎亲用品，另要关照村上的相帮人提前一天来帮忙。除此之外，新郎家还要给村上每家每户发喜糖，告之家中有人结婚，到时前来捧场。亲朋好友接到告吃酒通知后，一般都要在婚礼之前前往主人家送人情。人情有大人情、小人情之分，大人情是送给新郎（或新娘）父母的，一般数额较大，小人情是送给新郎（或新娘）本人的，数额小一点。多数亲朋好友都会在婚礼之日前来送礼贺喜。

（8）做阿舅：行婚之日，新郎在迎娶新娘至女家村宅时，即要与陪亲人一起再走进女家，拜见丈人丈母，并邀请新娘的哥哥弟弟来男家赴宴，此即称为"告新阿舅"。男家要等新阿舅到来后才能开宴行酒。新阿舅到男家后要给厨师等"喜红"，要吃"吉利"的点心。酒席上新阿舅要朝南坐，以示尊贵，两旁均由亲友陪同。新阿舅临行时，要请姐夫（或妹夫）和姐姐（或妹）第二天早些回门。做新阿舅是婚嫁过程中一项必不可少的内容，有的新娘没有亲兄弟，则要由叔伯兄弟或者表兄弟代替。

（9）吃喜酒：按当地习俗，吃喜酒一般要吃三天，富人家吃五天的也有。婚礼之日为正日，"正日"的前一天为"开场日"。"开场日"这一天主人家直系亲属和长辈及相帮人都要提前到，帮忙办理一些婚前事务，然后一起吃顿简单的酒席，称为吃"小饭"（相对"正日"吃得差一点）。"正日"那天的酒席场面最隆重，排场也最大。此日中午

> 亲朋好友欢聚一堂，共庆新人喜结良缘

要由女家为"正酒"，晚上则由男家为"正酒"。"正酒"最为丰盛，十几桌、几十桌不等。办"正酒"一般都用八仙桌，八人为一桌，从客堂、厢房，一直排到庭院。每桌冷菜有什景盆、四拼盆或六拼盆，汤炒类

菜有12种，加上两道点心，碗菜"四圈圈"（全蹄、全鱼、全鸡、全鸭）。"正日"之后一天为"敲甏底"，即"正日"吃剩下来的酒水，再宴请亲朋好友及相帮人。旧时当地民间吃喜酒有"无酒不成席、无酒不成礼、无酒不成欢、无酒不成敬意"之说，因此筵席上必备美酒，让客人畅饮，其中又以白酒、黄酒为主。饮酒至高潮时，席间有"猜拳"、"行酒令"之俗，其意在助饮增欢。"猜拳"以两人为对各伸出指，加起共数，谁猜着谁赢，猜错者罚饮酒。

（10）赘婿：在旧社会，如果一户人家只生了女儿而没有生儿子，那么随着女儿的出嫁这个家庭就会断了宗嗣，这在旧时人们心中是不能接受的。因此，为了补救宗嗣的断绝，到年老时有所依靠，一些只有女儿的家庭常常会在女儿成婚时把女婿招进自己家中，以女儿的血统关系承传家族血脉，也有的人是想到自己年龄已老，但所生的儿子却还小，为了支撑门庭，于是便会给大女儿招个女婿。由于是男到女家落户，因此一般男方的姓氏也要更改为女方姓氏，其子女也要随母姓。

按当地民间风俗，招赘女婿都要经过请媒人做媒，并有算命、择吉等礼节。一般入赘的男方弟兄较多，家境贫寒，房屋少，无法分家居住，要想娶个老婆难上加难，于是才肯上门当入赘女婿。而招赘女方的年龄一般总是要比男方小上好几岁（女方贪求劳动力的原因）。男子入赘为婿后，一般来说日子都很不好受，不但自己必须脚踏实地干活，不能讲条件，而且凡有各类家庭事务都必须听从岳父母和妻子的吩咐，回家或外出也必须得到妻子的同意。更为重要的是，招赘进门的女婿在家庭财产分配方面常常处于劣势地位，女方家产再多，他都只能与其宗侄平均分配，当地人称之为"掰家当"。因此本地流传有一句旧谣云："苦作苦，儿子不要去当雄媳妇"（做上门女婿）。

解放以后，招女婿现象在当地民间仍然存在，但旧礼教已被铲除，现在招赘的男子可以住到女方家，但不必改名换姓，子女可随父姓，亦可随母性，女婿有继承权和赡养老人的义务。

2. 祈吉习俗

过去当地民间在整个婚礼仪式中除了要履行一般的礼仪程序以外，

还有许多独特的祈吉习俗，它们的目的主要是为了求得吉祥如意，子嗣兴旺。

（1）出门换鞋。男方在迎亲的轿子上要放一双新鞋，女方上轿后要换去"旧鞋"，理由是如果新娘的鞋子把女家的土带到男家会冲喜破财，于是便要把新娘在娘家穿的鞋换掉，穿上新鞋，这样就可以给男家带来好运。

（2）傧相相伴。新郎新娘走入厅堂时要由一对健康漂亮的童男童女陪伴，直至结婚仪式结束，据说童男童女象征贞洁吉祥，可以保佑新婚夫妇免遭邪气的侵扰。

（3）放吉庆果。女方送嫁妆时要在被褥、茶杯、痰盂、马桶里放入红蛋、花生果、大红枣等，送到男家后再由一批小男孩在新房里翻找，还要小男孩在新痰盂里撒尿，据说这样才能吉祥、长生、早得贵子。

（4）压床求子。嫁妆送到男家铺陈后，要由女方请两位未婚男青年在新床上滚一滚，这叫做"压床"，以求新娘能够早日怀孕。

（5）缝铺盖被。新婚之夜的被子必须要由头胎生儿子的舅妈或年愈花甲、未丧偶、头胎得子、儿孙满堂的老太太亲手缝制，并也要由这些老太太们铺到新床上，其意也是为了祈求子孙繁衍，家门兴旺。

3. 太平桥婚丧服务社

过去，太平桥地区有一种专门从事婚丧喜事一条龙服务的班社组织，深得人心。当地的居民如有红白喜事，大多会去寻求这些班社组织帮他们提供各种服务。

太平桥婚丧服务社中的一项最基本的服务项目是出租喜服。喜事当前，办喜事人家首先考虑的便是新娘的喜服。旧时当地新娘结婚时都时兴以凤冠霞帔做喜服，在太平桥的服务班社里，就可以租到这些全套的凤冠霞帔喜服装束，充分满足了新娘们希望穿上漂亮的结婚礼服以示吉祥喜庆的愿望。

太平桥的婚丧服务社中也设有向当地居民提供陪同新娘、服侍新娘的喜娘服务，当地人称其为"妈妈阿嫂"。这些妈妈阿嫂会为新娘梳头、化妆、穿礼服，还要陪同新娘子到新郎家去周旋。这些担任妈妈阿嫂的人，大多是本地人，她们的年龄一般是40－50岁左右，平日务农，逢有喜事，才帮上一回。

太平桥的婚丧服务社中也有出租碗盏和茶水的服务，当地居民办喜事，经常需要摆设一二十桌喜酒，一般人家哪有那么多的盆碗调羹和筷子，而在太平桥的婚丧服务社中，就可以借到一二十桌的碗盏用具。在操办喜事的三天里，亲戚朋友来来往往，热闹非常，每到一处，都要提供充足的茶水。于是太平桥的婚丧服务社中又有茶炉担出租，届时派出两三个茶水工人，整天围着茶炉转，保证来来往往的客人人人都有茶水喝。

除此以外，太平桥的婚丧服务社中还有提供花轿、司仪、丝竹敲打等的各种服务。当地办喜事一般都要连续进行三天。第一天准备，第二天行大礼，第三天吃余酒，俗称"敲毻底"。到了行大礼的吉日，太平桥服务社的花轿便早早停在新郎的家门口。出轿时，太平桥服务社也会安排一班人为新郎放高升，然后跟着新郎到女方家去迎亲。随同花轿前往迎亲的，还有一班水平高超的丝竹班，喜事中的轿前吹吹打打，喜堂拜堂，大吹大揺，都是丝竹班的拿手活。从喜服、妈妈阿嫂、碗盏、茶炉担、花轿，到司仪、丝竹班，一应俱全，全套出租给顾客，当然价格也不菲。过去当地人办丧事，也要请服务社的人来帮忙，只是其乐器改用大喇叭，吹吹打打，所用的器具相对喜事而言，则要简单得多。

4. 妈妈阿嫂

妈妈阿嫂，是长征镇太平桥地区对当地吹鼓手班中女性人员的一种独特称谓。这本是吹鼓手班里的一个行当，属于祖传的生计行当，其主要的工作是为婚丧人家操办各种陪伴、照应事务。当地八十到九十岁左右的老人，特别是经历过老式结婚，与新娘子在红毡毯上叩过头、拜过堂的人，至今还都会对妈妈阿嫂当时的音容笑貌记忆犹新，甚至一辈子也不会忘记。

当地能够承担妈妈阿嫂工作的人，一般都要具备这样几个特定的条件：第一，必须是已婚妇女；第二，必须容貌出众，体形姣好；第三，有较强的应变能力，能言善辩，举止落落大方，处事言行圆滑，有一定的涵养功夫。另外，做妈妈阿嫂的人还要具备有"弹簧的面孔"、

"橡皮的鼻子"的素质，经得起东家方面人的批评、指责和刁难。总之一句话，就是要不怕难为情，放得下，冲得出。反正是逢场作戏，只要扮好角色就行，到时拿到喜俸（工资），喊声谢谢，笑笑打个招呼就能回家了。

从前，在本镇周边四乡八村，说起妈妈阿嫂这个名字真可谓一刮两响，人人知晓，在当地，"妈妈阿嫂"就是能干女人的别称。

解放前，每逢婚丧大事，家家户户便都要请吹鼓手来吹吹打打，热闹一番，借以吸引周围的人，届时妈妈阿嫂就会随同吹鼓手班的人一同来到东家帮忙料理事务，她们的工作既有一定的特殊性，又有一定的专门性。例如，东家办的是丧事，那么妈妈阿嫂就会专门去伺候丧家的女眷和女客，帮她们穿戴孝帽孝服。如有祭奠客人来到，妈妈阿嫂就会通知女眷当即痛哭灵前，既表示自己的哀痛，又表示感谢亲友的到场。办理丧事的妈妈阿嫂还有一个任务，就是要劝慰丧家女客稳定情绪，控制场面，不要因过分悲痛而引起昏厥。有的丧家平时兄弟、妯娌之间有些矛盾，到了灵堂前往往就会借机相互埋怨，发泄自己心中的不平。这时妈妈阿嫂就会挺身而出，好言劝慰，开导双方将过去的恩怨一笔勾销，看在死人面上，一切以办丧事为重。今天千人百眼，大家都看得见，有理无理出在众人嘴里，退一步海阔天空，忍一时风平浪静。经过她以情动人、以理劝人、以事服人的劝说，双方便会化干戈为玉帛，一心办理丧事了。

灵堂开祭之时，妈妈阿嫂的任务是搀扶各位女眷和女客到灵位前祭拜，祭拜时要分清至亲、姻亲、近亲、远亲、同事、朋友等不同的等级与辈分关系，不能搞错。此时吹打班鸣奏音乐，在笛声哀乐中妈妈阿嫂扶着女眷女客们一一行过跪拜大礼，然后站立一旁。到了棺材扛出家门时，妈妈阿嫂也要负责搀扶东家主妇一路哭送亲人到目的地。

逢到当地有人办喜事，妈妈阿嫂也有许多工作要做。资深的妈妈阿嫂在去东家的路上就会不断给人打招呼、问好，一边介绍自己今天到什么地方帮某某人家办娶媳或嫁女的喜事，一边还询问对方家中的小孩何时办喜事，是否选好了日子。此时的妈妈阿嫂就像《沙家浜》里的阿庆嫂，最突出的表现就是嘴甜、手勤、脚快、眼观六路、耳听八方，做人讲话面面俱到，处处讨女眷的欢喜，成为女眷们的开心果。特别是对新娘，妈妈阿嫂的服侍最为周到，急新娘所急，想新娘所想，处处为新娘排忧解难，有时还要为新娘挡驾一些无理取闹的宾客和酒鬼，使婚礼能够顺利进行。

女家的妈妈阿嫂，先要为新娘开面，此时妈妈阿嫂双手用丝线串好，再用丝线在新娘脸上绞汗毛，也有的是用一把剃刀为新娘修面，一边嘴里喃喃地念道："一把金刀拿起来，左手拿来右手开。今朝值日天官赐，惊天动地八仙开。"

替新娘子开好面以后，接着还要帮新娘做好上轿的一系列准备工作，如叮嘱新娘少饮水、少吃食物，即使一定要吃也要吃些耐饥的干果等等，避免新娘到夫家后内急而出洋相，造成终身笑柄。接着的事情是为新娘梳妆打扮，届时妈妈阿嫂要为新娘戴红花，盖红方巾，穿红裙、红鞋。按照当地习俗，新娘将要离开娘家时，要向父母亲人拜别，母女两人还要依依不舍地哭别，以讨"哭发哭发"的口彩。另外，当地新娘出嫁上轿时还有一个古老规矩，就是不能踏娘家地，新娘要由自家直系亲属兄弟抱上轿，然后才能发轿，一路上吹吹打打，风风光光地被抬到夫家。当新娘进行这些活动时，妈妈阿嫂都要始终陪伴在她身旁。

花轿到了夫家后，妈妈阿嫂又要开始忙碌起来，首先是搀扶新娘出轿，此时鞭炮声、喇叭声、欢笑声声声震耳。新娘下轿后，要将轿门直对夫家大门，门前场地上用三根青竹枝搭成一个"旺门"，竹枝下面用一捆干豆萁柴围成圆形三角架，底层用稻草，上面用红绿纸挂起来，左右两个（俗称"旺门"）。花轿到后，新娘出轿，吹打班放高升，奏喜乐，点燃旺门，让新娘从上面走过。此时旺盆中熊熊火势向上直蹿，象征着新郎新娘的婚姻火红向上。此时新娘要跨过火盆（富盆），以讨财富进门的好口彩。一路上铺红毡毯，或者用麻袋，袋口一律朝里屋，讨个好的吉利口彩，象征代代相传，代代红发。此时妈妈阿嫂要搀扶着新娘一路进来，到客厅后与新郎拜天地，一边吹鼓手吹吹打打，奏起喜乐，亲友满堂，热闹非凡。此时妈妈阿嫂要搀着新娘对付各方面的应酬。例如新郎新娘同桌敬酒时，新娘因头戴红方巾行动有些不便，此时灵巧的妈妈阿嫂就会抢先上去讨口彩道："千树千年酒，杯是凤凰杯。二人同上酒，谈笑沐香杯。"

老式结婚对于新郎新娘来说都是很累的，他们一身新装打扮，行动十分不便，遇长辈、亲友时，又要打揖，又要叩头，往往累得汗流浃背，脸上还要露着笑容。特别是新娘子，头戴红方巾，下穿长红裙，行动更加不便，因此此时一切行动往往都要借助于妈妈阿嫂，听从妈妈阿嫂的指点和安排。一直要到夫妻被送入洞房，安顿新娘坐在新床边后，妈妈阿嫂才可以喘口气。有时新娘坐上新床后，妈妈阿嫂还要附在新娘耳边叮嘱几句悄悄话，如坐姿要端正，坐好后不能乱动，不能先开口说话等等（按老迷信讲法，如果新娘先开口说话，就等于雌鸡先啼，今后会人家不发，要被公婆亲友看轻）。另外还要关照新娘当新郎侚用秤杆把红方巾挑开，观看自己的真面目时，千万不要心慌，最好的方法是低头不语，并且千万不要用眼睛盯牢新郎看个不停，此时的一举一动稍微偏差，就要被公婆和亲友当作话柄。另外还要叮咛新娘子要学会忍耐，鼓励她坚持就是胜利。因为大姑娘出嫁是人生第一回，从来没有经历过这种场面，平时虽然听到过人家偶尔说过，但作为姑娘家也不好意思去进一步讨教打听。而妈妈阿嫂是专职的伴娘，见多识广，应变能力强，处处又为新娘着想，呵护新娘，当然新娘对她言听计从。

有时妈妈阿嫂看到新娘十分紧张，于是在拜堂时还要想出一些笑料来调节现场气氛，减少新娘的心理负担。例如她会指点新娘在拜堂时让新郎先跪，而自己则慢一点跪下去，这样可以用自己的膝盖压住新郎的长衫，让他不能先起来，这样成双跪拜，步调一致，夫唱妇随才好看。指导新娘做此事时，妈妈阿嫂往往还会讲出一番理由：从现在开始，你既要关心爱护新郎，同时也要想法镇住新郎，不要样样顺他依他，让他养成大男子主义，否则他会欺侮你。小夫妻之间要你敬我爱，想法要使新郎处处能想到自己，疼爱自己，这样小日子才会一辈子甜甜蜜蜜……这样的话语，新娘当然乐意接受。于是在拜堂时新郎跪下去后想爬起来，新娘就会用自己的膝盖压住新郎的长衫，使得新郎只得重新跪下，这个举动被亲友和来看拜堂的人看到后往往会发出哄堂大笑，这样也就将拜堂的气氛一下子推向高潮。热烈、和谐、欢快的婚礼，就在这些有趣的活动中结束，而此时妈妈阿嫂这位出色的伴娘，将会永远铭记在新郎新娘和在场参加婚礼的亲友的心中。

当年做妈妈阿嫂这个行当的人还有个铁的行规，就是传媳不传女。因此当地的一些妇女要想做好的妈妈阿嫂，就只能虚心向婆婆求教。通过多钻研、多实践，才能出类拔萃，博得大家认可和好评。

目前太平桥地区做过妈妈阿嫂的人健在的仅有两位，嫂嫂102岁，叫张圣妹，姑娘92岁，叫朱六妹，以上这些有趣的故事，就是根据朱六妹的口述而整理成的。

5. 当代个性化婚礼

20世纪80年代中期以来，普陀区青年人的婚礼出现许多极富个性化的形式：例如(1)宴席婚礼。在宾馆、饭店摆酒宴请宾客，成为当地青年们结婚时最普遍的形式。届时新郎身着西装，新娘手捧鲜花，站在酒店门口欢迎参加婚礼的各方亲朋好友。婚后，新婚夫妇大多旅游度蜜月，地点多选北京、广州、桂林、珠海、厦门、深圳等旅游城市或沿海开放城市。与此同时，婚纱摄影也开始在当地结婚青年中普遍流行起来，除了拍摄全套彩色结婚照，也有拍摄结婚录像以做纪念的；(2)舞会婚礼。现今当地青年在举行结婚仪式时也有不设酒席，而是在新房或其他地方敬备茶点饮料，先由新郎新娘介绍自己的职业、兴趣爱好和恋爱经过，然后邀请亲朋好友欣赏音乐，尽情起舞，在欢笑声和乐曲声中愉快和谐地完婚；(3)电视婚礼。婚前新郎新娘先请人把自己的恋爱经过拍成录像，并由亲朋好友充当配角。举行仪式时，先敬备茶点，后放映录像，既让客人了解新婚人的恋爱史，又能亲眼目睹各自形象；(4)智力婚礼。婚前新郎新娘准备小礼品，亲笔写下美好的祝辞，并准备一些谜语。婚礼开始后，宾主进行猜谜活动，中间穿插表演节目，气氛热闹、融洽、显得别有情趣；(5)无伴奏婚

> 新郎向新娘表爱心

> 一对新人的婚礼

> 新人在伴郎伴娘陪伴下拍照留下永恒记忆

礼。婚礼不办酒席，不请客，新婚夫妇录下新婚之夜最美好的语言，长期保存以作纪念。以后外出旅行，再摄影留念； (6)网上婚礼。当前，一种"网上婚礼"的形式也颇为当地一些青年人所喜爱。 当前一些专门从事结婚创意的网站，如中国婚礼网(http：／／www.wedding china.com)、我要结婚网(http：／／www. 51marry. com)、完全结婚网(http：／／www. emart. com. hk)等为结婚青年提供免费的网上空间，新婚夫妇可以输入结婚日期、结婚地点、新人姓名、婚纱照片等，并可利用此项服务通知亲友出席婚礼，还可以下载音乐，甚至加入小段婚礼录像片段。有的青年人还自己动手制作结婚网页,使自己的婚礼更加富有个性化。

[二] 丧葬民俗

旧时普陀区桃浦一带民间办丧事时,有许多传统的习俗形式,如:

置寿衣、寿材：过去当地一些经济殷实的人家，到了五六十岁年纪就要为自己准备故世后穿的衣服和睡的棺材，认为"冲冲喜"能长寿，因此将其称为"寿衣"、"寿材"。这些"寿衣"、"寿材"大都由子女为老人准备。寿衣须请手艺出众的裁缝师傅上门定做，布料考究，一般用绸缎和布料做三至五套中式内外衣裤,不得用金属或其他纽扣,只能用由裁缝师傅用手工做的布纽扣。寿衣做成后,每年天气晴朗时,都要拿出来放在阴凉的地方晒一晒，以防蛀虫咬坏。除了寿衣以外，有些家庭还要备有寿帽、寿布鞋、枕头等物。

> 出丧场面

寿材一般是请木匠上门定做或者到棺材铺购买，选择上好木料打造，制成后运回家放在客堂东北角且阴凉通风的地方，下面垫上短木料，每年油漆一遍，以保持干燥。寿材前贴有大红"寿"字。当地老年人认为自己生前准备好寿衣、寿材是一种福气，从此就可以无后顾之忧了。

报丧、入殓和出殡：旧时当地的丧俗分报丧、入殓和出殡几个主要程序。所谓报丧，即亲人死后迅速通知亲人邻里。殓礼分小殓和大殓。小殓即为死者穿衣，并设灵堂、供人吊哭。大殓则是将死者置尸入棺。出殡，亦称"出灵"，即将盛放尸者的棺木送到安葬地或寄放地。

老人在快断气前，要叫齐子孙在床前陪伴，意在为其送终。当地俗语有"子孙送终人生福"之说。人死后，即由子女为死者擦身、理发、修甲、更衣。遗体头南脚北安放在客堂西壁搁置的板门上，用白被单包裹，脚垫米斗，头垫三张瓦片，遗体前安置灵台。用簾子遮白布作屏风挂出挽联和"奠"字，灵台上放祭品、点燃香烛。此时家属全身穿白衣裳、戴白布帽、束白布带、穿白布鞋，儿子媳妇更要穿上粗麻，称作"披麻戴孝"，亲戚好友在腰间束白布带，称之"白束腰"，死者身旁日夜有人守灵，逢人前来吊唁，家属女眷则号啕哭叫。人死后，须把死者床上的蚊帐抛至正房的屋上，死者生前所用的床垫、草席等则拿到田间小路上烧掉，以此作为向村人报丧的表示。如果是父母长辈亡故，一般多采取由丧家晚辈向邻里、亲戚和朋友报丧的形式，但报丧者不可进入邻里亲戚朋友的家门，否则会给人家带来不吉利。亲戚好友前往吊唁，大都要馈送现金、锡箔、绸缎等。

开丧（大殓）前夜（即人死后当夜），必须"烧床祭"，本地又称"行路衣"。此举一般在晚饭前完成。届时将死者生前的衣服用包裹扎好，并做好一个稻草人，穿上死者生前比较好的衣服，四周放上包裹、锡箔及死者床上的床单，一起焚烧，此时家属要手拿一支香，一面绕圈，一面啼哭，直至烧尽为止。晚饭后，由相帮人或家属给死者穿衣服。衣服必须是寿衣或全新的衣服，一般为5－7个衣领，披盖的寿衣和寿被只用单数，不能用双数。穿衣时先由儿子反穿衣，然后再给死者穿寿衣，最后，在死者腰上扎一根绳子。如果死者是女性，必须由长女或长媳给死者梳头，梳头者可得到死者遗留的戒指耳环等金器。

"入殓"又称入棺，是指将已着衣的尸体放入棺内的行为。入殓时辰须占卜而定，届时，家属守候于棺木两侧。如是父母死而儿女在外，须由儿女返家盖棺；如是妇女死，则要等待娘家父母兄弟姐妹告别后方可盖棺。入棺时须由长子捧头，次子捧脚，众人相助，将遗体放入棺材。入棺时的规矩是足顶棺材尾横板，头则放于棺材头部。盖棺后即钉棺，在场亲友须背棺不视，但子女、帮工例外。儿子用榔头在棺盖头正中钉第一钉，然后相帮人相继钉钉。棺材盖毕，移入客厅（堂）中央，谓之"寿终正寝"。供众亲邻里前来吊唁和叩拜，并有人守灵，直至出丧。

出丧亦称"出殡"、"出灵"，即将盛放逝者的灵柩送到安葬地，入土为安。本地一直传承着土葬的风俗。届时先请风水先生看风水，选择高爽、向阳地形，然后挖掘墓穴。如果死者配偶还健在，必须挖双墓穴，留一半作为备用。棺材下葬前，墓穴先用麦柴等焚烧一下，叫做"热坑"（否则冷坑不吉利）。当地旧时习俗，出殡多用人抬，专营此业者称为"扛房"，另有鼓乐队从事丧事演奏。出丧前先由长子双膝下跪，头顶丧甏（有的是盆或碗），灵柩启动前由相帮人摔丧甏（内放铜板几枚），名曰"摔摔平安"。然后由八名男子汉扛着棺材起行（中途不能停，由"扛房"轮流调换）。此时儿子须扛灵头幡，以孝带牵头扛，女儿或侄儿随后，灵柩后为鼓乐队，再后面跟的是送葬亲友。此时披麻戴孝的家属、亲戚和哀乐队一路哭声、一路哀乐声，一路撒纸钱。送葬队伍出了村宅必须直行，不必沿路走，一直到墓穴地。棺材下葬时，长子要先执锹挖土，众亲友接着打墓穴，竖碑，筑成坟台，燃放爆竹，这些程序都进行完后，子女啼哭回家（称"回丧"），进家门时要跨过火堆，然后吃糖茶、糖糕以取吉利。也有的将灵柩安放在自家的土地上，外面用砖头围砌，称为"瓦坑"，或者用稻草围遮，称为"草坑"，过几年后再选个吉日埋葬（也叫"落葬"）。

吃豆腐饭：开丧这一天，亲戚好友前来吊唁，主人家要为接待客人而置办伙食，俗称"吃豆腐饭"。中午以素食为主，第一道菜必须是豆腐，有红烧豆腐、白烧豆腐、豆腐羹等，各乡镇稍有不同。晚上，除了素食外，要增加几只荤菜，经济条件好的，豆腐饭办得比较丰盛，排场较大。如果是高寿而终的，丧事还要当作喜事来办，豆腐饭跟酒宴一样，临散宴后每人还要送上寿碗一只，调羹一只，寿筷一双。村上也有些老年人为了给小辈讨个吉利，还要上门讨羹饭，认为小辈吃了长寿人的豆腐饭后会身体健康，岁岁平安。

"做七"、"百日"与"周年"：丧事办过后，主家要在堂屋西北角设香台一只，放上亡者遗照和神主牌，每天香烛不断，供上饭菜祭斋。亲属在早上都须哭祭一番，称为"哭七"。从亡者死时算起，每七天为期，分别称"头七"、"二七"、"三七"直至"七七"，即断"七"。"头七"至"三七"由出嫁的女儿做，一般是在家中烧好一桌饭菜放在笼格内，带上锡箔，挑着回娘家祭斋以示孝心。其中"五七"是最隆重、规模最大的祭祀之日，此日要由儿子来承担。"五七"前一天，家属及至亲就要聚集在一起通宵折锡箔，做圆子，俗称"闹五更"。"五七"当天，要请道士或和尚做"五七"道场，从早上到晚上八九点钟，由长子全程陪同，一面听道士诵经，一面叩头告慰先灵。最闹猛时，要在门前场上叠起三只八仙桌，成"品"字形，道士们围在八仙桌上下诵经作法，引来村前宅后群众观瞻，一天内道士们须换好几套道服和道具。"五七"下午还要进行"化库"，"库"是请人用竹头、芦头和纸扎成的房子，库内纸做的箱子、家具、炊灶、床褥等一应俱全。此时先由道士念经，到一定时辰就开始"化库"，必须一把火将所有器物霎时化为灰烬。晚上"和尚夜来忙"又是一场道场，俗称"轧和尚"，热闹非凡。亲戚好友这一天也要相聚在一起，送上锡箱等，俗称"吃五七"。过了"七七"49天后称为"断七"，不必再每天烧香、哭灵；有的拆去香台（灵台），可以"脱孝"。家属在"断七"前不可以走亲

>90年代初上海苏州河边居民的丧事

> 做"五七"道场时丧家虔诚叩拜

访友，男子不可以理发。人死后一百天，叫"百日"，死后一年叫"周年"，家属要祭斋，过了"周年"后，拆去香台，并把神主牌置于客堂内屋角上。

祭扫：当地民间祭扫仪式分为家庭祭奠和扫墓祭奠两种。家庭祭奠是在父母、祖父母忌日时举行，俗称"做周年"，也称做"老忌"。本地有规矩，"做周年"只能做后，不能做前（相对忌日说）。也有的到了清明、冬至日再举行祭奠的。"做周年"这一天，直系亲属必带锡箔等物前来祭奠。上午家中客厅正中朝南置一张八仙桌作供台，台面南设香炉，上点红烛一对、馨香三炷(同时在屋外门口点馨香三炷)，台面边沿（东西北三面）置小酒盅（内酌少许黄酒）及筷子若干，台面中须置热菜六只以上及点心、水果等供品，供台边除南以外，三面各置长凳三条（意为供先人来坐吃）。到红烛即将燃完时，方可焚烧锡箔元宝（意为供先人在地府中享用）。此时子女、儿孙和亲属均要磕头叩拜，以示后辈对先人的纪念，祈求先人保佑后辈太平。礼毕，撤去供台，祭奠结束，家属和亲属方可开宴席。

扫墓祭奠一般在清明节，也有少数在冬至日举行。清明祭祖款客，一般都要做圆团或青团子。饭后亲人们到墓地祭祀、焚锡箔、冥钱、挂

> 纪念堂里的灵位

墓（挂墓是指用纸剪成铜钱样长串纸条系在一根小竹竿上，插于坟墓上。一般儿孙要用白纸做；出嫁女儿、外甥要用红绿纸做），然后在坟上除草、添土、加高、整修墓道，俗称"扫墓"。祭斋一般置备酒菜、水果、点心供于

> 真如老人为先父先母设立的纪念堂

墓碑前，并点燃香烛。等到香烛、锡箔焚烧完后，亲人一一叩头跪拜方可离开。

20世纪60年代后，当地丧事逐渐从简，由土葬改为火葬，但一些旧的风俗习惯仍流传下来。如做"五七"、做道场、"扫墓"等习俗，至今还在流行。经济条件的好转使得当地丧事排场越来越讲究，有的互相攀比，"豆腐饭"办得像婚宴一样丰盛，经济条件差的则比较勤俭节约。

［三］ 生育民俗

生儿育女是当地每家每户的头等大事，关系到传宗接代，光耀祖宗，特别是老来得子、几代单传、几房合一子的更加看重，因此从新媳妇怀孕开始就像国宝一样对其进行保护，以保孩子顺利出生，在这前后还有许多颇有意思的庆贺祝福习俗活动。

"约糖"：媳妇怀孕八个月左右，男家要举办一个"约糖"仪式，即邀请亲戚好友前来庆贺。届时亲友们要送上"舍姆羹"，即坐月子中所需用的物

> 小孩出世后，立夏节称重祈福求安

品，包括红糖、核桃、桂圆、枣子、奶糕等物。孕妇娘家人也要送上小孩的棉衣裤、抱裙、尿布、披风等物，以示"催生"。以后，还要送绒线、现金等物以表祝贺。

做"十二朝"：婴儿出生12天叫"十二朝"，当地有做"十二朝"的习俗。此日新生小儿家中要染红蛋、做肉塌饼、定胜糕，也有的要做敲上红印的馒头，分送给各位在约糖时送过"舍姆羹"的亲友以及其他左邻右舍。所送红蛋根据生男生女有所不同，一般生男孩成单，生女孩则成双。

做"满月"：婴儿出生一个月叫"满月"，此日要请人为婴儿理胎发，俗称"剃胎头"。剃下的小儿头发要用红纸包好挂在床头。然后家中办满月酒宴请送过"舍姆羹"的亲戚好友以及比较亲近的相邻长辈，亲友们也要赠送礼品或礼金表示祝贺。

"做满纪"：婴儿满一周岁，新生小儿家要向诸亲友馈赠寿面、婴儿衣服、饰物、压岁钱等等物品以示贺生之意。届时主家也要置办宴席招待表示庆贺，称为"做满纪"。"做满纪"时所办的宴席一般都比较丰盛，其中面条必不可少，面条上还要有排骨或其他荤菜作浇头，另外再放上整棵青菜，表示"青青有头"，意为将来小孩子会聪明伶俐，头脑灵活。"做满纪"时所做的面条不仅要给亲友们享用，还要分送给左邻右舍。此日亲友们赠送的礼品、礼金也较重，小孩的娘家人还要特别送上金木鱼和刻有"长命富贵"的金锁片，有的还要送儿童绒线、玩具、衣服等。亲朋好友回去时，主人家必定要还礼，送以生的面条及其他糕点等等。

[四] 寿诞民俗

当地居民一般自50岁开始就很重视逢十的诞辰。50岁以上是后辈给长辈贺寿，以示孝心，因此称为"做寿"。当地凡是年满60岁至

80岁的老人举行诞生日庆贺礼仪，称"做大寿"（一般提前一年，即做九不做十）。届时儿孙们要专门为老人举行祝寿活动，祝寿活动的形式有简有繁，视生活条件及本人社会地位而定。一般人家在为老人做寿时都要发请帖邀请亲友前来庆贺，亲戚好友们则要送上寿面、寿糕、寿桃、寿帐、寿联、寿金等礼品。礼仪隆重者则要在家中设寿堂，寿堂上挂寿星图，两侧挂对联"福如东海长流水、寿比南山不老松"。寿者（俗称寿翁寿婆）夫妇俩端坐在正厅的上位高椅上，前面放一张八仙桌，桌上摆满寿桃、寿饼、橘果之类，中间燃点一对大红烛，寿烛用金粉或银粉写上"福如东海、寿比南山"字样。儿孙们先向做寿夫妇端上香茶，然后儿子媳妇、孙子孙女、女儿女婿、男女外孙按辈分排列向寿者跪拜祝寿。夫妻双全的要双双跪拜，拜完后由媳妇依次捧上两杯甜茶，寿翁寿婆分赏红包喜钱。贺寿毕，寿者设席请客入座开宴。举筷时，先要叫一声"恭喜"，然后才开始饮酒吃菜。酒过三巡，寿者要带领儿子到各席上分别敬酒，此时客人要一齐起立，举杯祝贺，口呼"×公万寿"、"福如东海、寿比南山"。宴席中必定要吃寿面。同时向乡邻分赠寿面，富户人家还请戏班来家助兴。

＞为90岁的老人做寿

社交民俗 [伍]

礼尚往来乃人之常情，在日常生活中，每个人都会有亲友往来、庆贺凭吊、结拜攀亲之类的社交活动，久而久之，这些活动就成为一些相沿成习的社交习俗形式，在人们的社会生活中长期传承延续。旧时在桃浦、真如地区，也有许多颇有代表性的社交习俗形式，如：

1. 攀过房亲

攀过房亲是一种特殊的认亲方式。在旧时，桃浦、真如一带民间"攀过房亲"的习俗相当普遍，其原因一是由于有的人家家中有子无女或有女无子，为了满足子女双全的精神需求而攀过房亲；另一原因是由于有些家庭生育后孩子屡遭夭折，或者体弱多病，于是便听信算命先生之言，认个生肖相合的干爸干妈以求孩子平安；还有一种是因为双方原本就是亲戚，为了加强亲缘关系，增进感情融洽，于是两家便通过攀亲的方式结成亲家，以便双方更好地交往走动。攀过房亲时一般都要举行一个较隆重的仪式。首先要选定一个黄道吉日，也有的是选择干爸干妈结婚日子作为攀亲之日（因此当地也称此俗为"拜寿星"）。届时父母携带鱼、肉、糕、面之类礼物，领着要认过房亲的子女来到攀亲人家拜堂认亲，供桌上放福、禄、寿三星像或寿星像，点燃寿星香，地上铺红地毯。干儿子（或干女儿）下跪拜堂认干爸干妈（也有的叫寄爷寄娘），干爸干妈此时则要拿出丰厚的见面钱赏给干儿子（或干女儿）表示接受了这桩亲事。

2. 寄老爷

在旧时，当地民间为了让孩子能健康地成长，又有把孩子过寄给

> 居民们在弄堂中交谈

> 两户人家，一团和气

庙里菩萨老爷的风俗。由于旧时当地孩子出生时多用旧剪刀、镰刀剪割脐带，容易引起破伤风，孩子往往养不活，因此当地民间便经常会把孩子过房给庙里的菩萨老爷以求保佑。这种过房给老爷的仪式也很简单，届时由父母带着孩子来到庙里烧香叩头，然后由父母向老爷说明缘由，许下愿，奉上一些果品、酒菜等供品，就算完成了过继仪式。

>送节礼，表爱心

>节日里的走亲访友

3. 各色礼品

按照中国人的习俗传统，逢年过节人来客往都要送礼，小辈探望老人，常是又送东西又送钱；至亲来拜年，也是又送东西又送钱。

在旧时的真如地区，一般人家走亲访友只须到南货店买一包点

>节日里的亲朋聚会

心，外面用厚厚的草纸包成一个椎形的方包，然后在上面放一张红纸，用丝草扎紧，拎在手里，便可作为礼品。如果碰到结婚喜事，旧时的当地民众都习惯于送日用品，如毛毯、热水瓶、衣服、被面子、原条被头等，做喜事也可以送寿幛。如是关系十分亲近的，旧时也有送红包的，外面用一张红纸包裹，上面写上赠送人的名字以及一些祝贺的话，里面少者放上几元，多者放上几十元或几百元，就可作为一个送礼的红包送给对方了。

当地如是有人生了孩子，或者孩子做满月，按照习俗长辈都要送一只金木鱼给孩子，祝福孩子幸福健康地成长。如是碰上丧事，亲友们则主要送锡箔。过去的锡箔六元钱一刀，一般的朋友，只要送上半刀就可以了。以后在"五七"、"断七"等日子里，亲友们还要再送锡箔。至于亲友丧事时送被面的做法，则是20世纪六七十年代以后的风气了。

民间文艺

[陆]

[一] 民间音乐

1. 太平桥丝竹班

　　地处普陀区长征镇太平桥地区的人们，特别钟爱儒雅清丽、音色优美、悦耳动听、令人陶醉的江南丝竹，并且逐渐形成了一些专门演奏江南丝竹音乐的民间班社。它们在当地代代相传，流传至今，并且涌现出了一批颇有名气的音乐人才。

> 五星国乐社的民间艺人

　　太平桥丝竹班的形成历史十分漫长。清末民初时期，当地的一些音乐爱好者出于对江南丝竹的喜爱，就经常聚在一起，各自拿起喜爱的乐器，弹、拉、吹、打演奏起来，这就是太平桥丝竹班的雏型，也是太平桥丝竹班的第一代人。当时这些当地的爱好者文化水平低，并不懂什么五线谱，只会演奏一些祖上传下来的工尺谱乐谱。

　　1857年时成立的太平桥丝竹班，人员主要有顾惠卿、夏再兴、朱顺甫、朱吉甫、康进卿、黄世甫……这些人个个都有绝活，京剧、昆曲、乐器各有专长，有的人还专门教授人家唱戏。特别是朱顺甫，不但是个吹拉弹唱样样皆能的多面手，还会做皮影戏，在上海滩相当有名。他经常出外教授江南丝竹音乐，曾到过吴淞、大场、大船桥、小梁山、杨家桥等地，在那里收了很多学生。当时的真如地区只要提到他，人人皆知。

　　1921年春，太平桥地区由第一代传人发起组织一批青年专门学习江南丝竹，后来便正式成立太平桥国乐社，其人员有陆云甫、袁湘涛、袁祥庆、袁秀堂、顾嘉洲、顾桂山、夏云祥等。当时祖上传下来的曲谱，主要有行路、行街、赛六、云庆、老六板、福月高照、中板、夜云集等代表节目。

1934 年，太平桥丝竹班已经进入第二代，其人员主要有袁金根、黄志涛、袁金江、袁福江、夏新江、黄庆祥、袁伯良、袁固涛、夏六弟等。当时的袁金根年轻好学、天资聪慧、技艺超群，他参加了上海有名的丙子国乐社，该社内有着一些著名的演奏家如夏宝生、金祖连、金小伯等先生。学成以后，袁金根把一些江南丝竹的传统曲谱如《春江花月夜》、《昭君怨》、《雨打芭蕉》、《连环口》、《走马》、《平湖秋月》等带回太平桥，提高了太平桥国乐社的素质和演技。 1942 年（丙戌年），太平桥国乐社改名为丙戌国乐社，成立时有二十多人。立社之初，班中每人都拿出一些钱来建造了新的房屋，作为演奏场所，并且买了新乐器、新彩头，郑重其事学习和钻研新曲谱。每逢有当地出灯、庙会、婚事等各种活动，他们就会到场作客串演出，受到了当地民众的一致好评。

1943 年阴历四月初七，真如地区准备搞一次东方庙会，丙戌国乐社的全体人员得知消息以后，积极参加了这一活动。为了演好节目，他们不但精心钻研演技，并且十分注重服装和仪表，讲究整体形象。到了演出那天，参加演奏者穿了一身自备的同一种颜色、同一种式样的长衫，加上新乐器上的新彩头，鲜艳夺目，光彩照人，在东方庙会上独领风骚。从此，真如、长征地区及周边的人便送丙戌国乐社一个雅号："太平桥丝竹儒生"。

1949 年解放初期，丙戌国乐社的人员开始认识到仅仅依靠原有的一些曲谱已经满足不了人民的需求，必须要用新的乐曲形式与演奏方法来表达对于新时代、新生活的喜悦之情，于是他们聘请了陈其达老师教授《将军令》、《鹧鸪飞》、《月儿高》等一些经典乐曲，对演奏技法也更加讲究，力求精益求精。解放初的几年中，每遇清明为烈士扫墓，或者国庆举办游行等各种演出机会，丙戌国乐社的人员都要积极参与，他们演奏的乐曲不但精湛美妙，而且时有创新，因此深受大家的欢迎和好评。

从 1956 - 1983 年，由于种种客观原因，太平桥丝竹班整整中断了二十七年之久，一直到了 1984 年 2 月 20 日那天，才由太平桥老、中、青三代二十余人重新组建了新的班社，称为五星国乐社。当时的人员

> 在老年活动室门前演奏江南丝竹
（1960 年）

> 在五星村村委会门口演奏江南
丝竹（1983 年）

> 五星国乐社邀请全市有名演奏家进行交流

主要有顾六兴、陆金弟、袁永春、袁茶明、袁张茶、黄培德、黄伟明、
袁银祺等，他们成为太平桥丝竹班的第四代传人。当时五星村拨款
5800 元，建造了两间 50 平方米的老年活动室，并买了一些新乐器与
新彩头，添置了统一的演奏服装。从此时起，五星国乐社的人员坚持
每周二、四、六晚上排，整理曲谱，听录音，并请来笛王陆春林当他
们的顾问，做专门教授。1984 年以后连续几年每逢 7 月 1 日，他们就
会邀请全市有名望的国乐社来五星村国乐社一起交流演出，各社轮流
演奏，然后大家评点，相互学习。另外，他们还采用走出去向人家讨
教的办法，到中国国乐社学"桥"，到沪东国乐社与天山国乐社学"怀
古"，到江南国乐社学"行街"，用其他国乐社的一些优秀乐曲来充实

和提高自己。他们还踊跃参加了上海市、区、县、乡、镇举办的各类文艺演出活动，并获一致好评和荣誉。

经过几代人的努力，太平桥丝竹班的技艺有了一定的提高，在上海市以及各个区县中都有一席之地。其中尤其是如袁金根、陆云甫、袁伯良等人，对江南丝竹作出了卓越贡献，受到了有关媒体和政府部门的充分肯定和赞扬。1983年4月，陆云甫被上海市文化局《中国民间器乐集成》上海卷编辑部授予"优秀乐师"称号。1987年4月，袁伯良也同样被授予"优秀乐手"称号。1987年1月20日，袁伯良被上海江南丝竹学会聘请为常务理事。袁金根逝世时，《新民晚报》曾专门登过讣告，介绍他的琵琶技艺。太平桥丝竹班第四代中的一些顶尖的佼佼者如陆金弟，还曾代表上海市多次出国演出。他教授的学生，都达到了琵琶十级的水平。顾六兴则以二胡为专长，被评为国家文艺二级演员，在沪剧圈内十分活跃。

太平桥丝竹班，现已成为江南丝竹园中一枝鲜艳夺目的奇葩。

2. 太平桥的喇叭

普陀区长征镇五星村太平桥是个自然村，约有120户人家，一千多人。他们世世代代都当吹鼓手，这是他们过日子的一个行当。闲时在家务农，或者教授小孩今后过日子的本事。他们一学吹喇叭，学习基本曲调，掌握各种乐器；二学打唱，即用锣鼓等乐器为清唱

> 迎亲时唢呐队是少不了的

的京剧或昆曲的各种剧目伴奏；三学应酬本领，以便今后迎合与适应复杂的环境，保护自己免受侵害。

过去，太平桥的喇叭赫赫有名、人才辈出。当地每逢人家有婚丧寿庆，都要到太平桥来请他们去吹吹打打，以示闹猛和排场。过去有句俗语叫做："太平桥的喇叭一响，小姑娘变娘。"说明太平桥的人们在结婚时，都要请到喇叭吹奏者来进行演奏活动。当时太平桥的吹歌手在方圆几十里内都享有盛名。如果遇上当地有喜庆之事，又恰逢天

> 民间艺人在演奏民乐.

气晴朗，多家人家便都会邀请喇叭吹鼓手们前去吹奏表演，以至经常把那些喇叭吹鼓手们忙得不亦乐乎。有时为了赶场子，连小孩也要派上用场，在其中承担一些力所能及的角色。所以太平桥人一般都要从小孩抓起，培养祖传行当的接班人。拜师学艺的过程往往极其严肃和严厉，稍有不慎，学生就会遭到师傅的体罚和责骂。当然，大部分教师都会认真执教，艺徒学习也十分刻苦勤奋，为的是今后个个都能技艺出众，学会过日子的本领。

在封建社会中，喇叭吹鼓手没有政治地位，不准进入考场参加科举考试以求功名利禄。在日常生活中，他们也没有地位，只是一些听人使唤、供人娱乐、受人奴役、没有自尊的贱民。平时出门只准穿短打衣服，如果人家做婚喜寿庆，请太平桥人去演奏，那么他们可以穿长衫表示尊敬。但到了东家家里后，一定要把自己穿的长衫撩起一角系在裤腰上以明身份，如果一时忘记此举，就要被东家和亲友辱骂，被认为是不懂规矩。吹鼓手在东家吹打时也得处处小心留神，不可有差错，对任何人都要笑脸相迎，唯唯诺诺，低声下气。有时碰到喝醉酒的酒鬼或地痞流氓来无理取闹，存心找茬，吹鼓手们也只能忍气吞声，耐心解释，叫人爷叔，请他们高抬贵手，赏口饭吃，以求太平。由于下次还要来做生意，因此千万不能得罪人。世世代代的吹鼓手，就这样靠一个"忍"字勉强糊口，过着非人的日子。

旧时太平桥的吹鼓手们为了活命，同时也为了能应酬方方面面的人，创造了一套只有自己人才懂的行话。他们在出门吹喇叭时，用这套话互相交流，以求不被人听懂。这套行活一般都是祖宗有训，不准外传泄密。太平桥出生的现今76岁的老人，还有点记得，举例如下：

脱空（鸡）、末泥（肉）、巢面琴（回去）、朝抄空（吹喇叭）、拂作（吃）、河其（鱼）、赞度（钱）、走哨（香烟）、小采和（小男孩）、小麻斯（小女孩）、老开山（老男人）、奥淘（哭）、老木梳（老妇人）、忽囊印度（不好）、弹松印度（死）、囊度（好）、鼎公（帽子）、叹江山（讲话）、雀人（玩笑）、赤水（女人）、度采和（男人）、长镜头（有钱人家）。行话实际上还有很多，解放后就不用行话来交流，大家就淡忘了。

>民间琵琶演奏家陆金弟在演奏琵琶

太平桥的吹鼓手们由于文化低，对于一些祖传的乐曲和戏曲剧目能用文字曲谱流传下来的极少，过去全靠口传硬记留下来。当时的太平桥人孩提时必学的乐曲儿歌有如下一些：

六工采依、依采六、工采工、工六五六工采依、采六工采好斯依、依史，依采工采，工六五六工采依，采六工采、好史依、史好工好、五六五六、五六工采依、采六工采好斯依、依史、衣采工采、工六五六工采衣、采六工采好史依、衣史、衣采工采、工六五六工采衣、采六工采好斯依……

3. 道教音乐和美术

普陀区的道教传播较早，本地区有许多不出家的道士，一贯奉守道教经典，熟悉各种斋醮、祭祷仪式。本区长征镇管弄、张家弄及陆家宅一带，现有职业道士约四十余人。管弄的郁禹生、张家村的张庆麟和陆家宅的陆连生，各有自己的班底、全套法事用具和行头。

当地的道教音乐保持了正一教派的传统特点。自唐宋以来，随着当地道教宫观

>道士季佩章在做"地狱科"法事

的建立以及明清两代的发展，正一教的道教音乐逐渐形成了鲜明的宗教特色和独具一格的艺术风格。清末民初，这里的正一派道教音乐吸收了戏曲、京剧、昆曲等曲艺音乐成分，并从江南丝竹音乐、江南民歌中汲取丰富的营养，逐步形成了具有海派农村道教礼仪特点的道教音乐流派，其风格儒雅、清丽、柔和。

清末民初，随着本地经济的发展，人们对道教的需求已不满足于仅仅在庙观祠堂中念经、拜忏，他们希望在寿诞、喜庆、建房及丧葬祭祖之时也能够请到道士在家中做道场，一些正一派的散居道士便正好迎合了人们的这一需求。他们创办了在家道院，道士可在信士家中设斋坛做法事，此俗一直延续到今天。

当地的正一派道士十分善于从其他音乐形式中汲取营养，并在此基础上创造出一些颇有自身特色的音乐曲调。例如它在吸收了京剧曲调的基础上创造了"点绛唇"、"水龙吟"等道教音乐曲调，在吸收了昆曲音乐的基础上创造了"大偈子"、"香赞"等道教音乐，在吸收了江南丝竹音乐的基础上创造了"朝天主"、"小更衣"、"柳要经"等道教音乐，另外，它还把民歌小调里的音乐融入到道教音乐之中，例如"灯照腔"等道教音乐便是根据当地的民间小调改编而成的。

一出"法师出场"是从京剧中引进的音乐"大开门"，"台顾"用柳要经，平时念经的声腔就由昆曲的曲牌中吸收来的音乐形成。"法符"也用于大开门。其中"三宝赞"音乐是从江南丝竹音乐中演变过来的。"度桥"音乐主要从江南民歌中吸收，代表作"偈子腔"。过去长征镇正一派的"偈子腔"在上海道教界很有名望。其中"龙虎斗"的音乐接近申曲音乐，"地狱""血湖"法事科仪则吸收京昆剧、江南民歌的音乐，而"散鲜花"则是吸收民歌音乐而形成道教独特的一种山歌调音乐，另

> 道士撰写的黄榜

如道教音乐中的锣鼓等打击乐器，也是吸收了京剧中的打击乐器的元素而创制的。

以前在道教中有这样一种说法："三里不同道"。虽然祖师爷是一个，但经过几代人的传授和各人的领悟，最后还是有些区别。正像道教中上海市区派、南翔派、嘉定派等不同教派，在音乐上大都是我中有你，你中有我，各有千秋，而其目的只是一个，就是把法事做好。

当地道教音乐的主要器材有两大类别：一、打击乐器：如锣、鼓、大钹、小钹、月锣、板、板鼓；二、丝竹乐器：如唢呐、笛子、京胡、二胡、三弦、板胡、笙、琵琶、杨琴等。

当地的道教美术也是一门与众不同的独特绝技。各种人物图像和图画，全靠法师临场发挥，所用材料是染有各种颜色的粉末，画时从不涂改，所画的人物形象栩栩如生，生动活泼。另外，法师们在道教仪式中所写的符箓与榜文也颇有特点。一些法师在做道教仪式时要用黄色粉末在地上撰写书法对联，文字清秀、飘逸，从中可看出法师的内在功力；一些法师在做道教仪式时用各种字体写的榜文，不但字体不同，而且风格独特，经常使人赞叹不已，因此道教美术也是民间的瑰宝。

＞道教铺灯仪式(1)

＞道教铺灯仪式(2)

＞道教神灵雕塑(1)

＞道教神灵雕塑(2)

本镇季佩章法师是正一道教中的后起之秀，他谦虚好学，刻苦钻研，为人和善，尊敬长辈。他精通音律，取各流派之长，吹、拉、弹、唱、念、写、画样样皆能，走禹步、捏手诀、姿势优美、动作规范，对道教法事中各种技能，几乎样样精通。他的演唱吐字清楚、声音宏亮，他的笛声中气十足，悠扬动听。他还经常钻研经书，对经书进行了深入的理解，并且乐于传帮带，因此深得同行称赞，在当地民众中颇有声望。

[二] 民间舞蹈

> 舞狮队神采飞扬

> 巡街表演吸引了不少民众的热心参与

> 荡湖船这一古老的表演形式又回到了人们身边

狗头狮舞

狗头狮舞于 20 世纪 30 年代初由安徽皖北凤阳地区传入普陀。当时，在苏州河两岸建起了阜丰、福新十多家面粉厂，从皖北招来的很多青壮年农民也把狗头狮舞带进工厂，在春节、元宵、端午节、中秋节、重阳节前后的工人娱乐活动中表演，家乡人看到家乡的狗头狮舞，当然十分高兴。

狗头狮舞在农村时，常为穷苦农民沿街乞讨卖艺用，由两人表演，一个头戴酷似狗头的面具，一人身披狮皮，拿着小锣和凤阳花鼓，边唱边敲边表演，唱着"说凤阳道凤阳，凤阳本是个好地方，自从出了朱皇帝，十年就有九年荒"

等一类的歌谣，诉说灾荒之年穷苦农民的窘迫。

进入上海后，在狗头面具上加钉了红布披风，到50年代，又按照狮子面型和表演动作做了改进。表演时有五人组合，即二人表演狮舞，一人以小镗锣引路，一人持彩球指挥节奏变换和图形移动，一人敲凤阳花鼓随领舞节奏而变换，以头晃、脖挺、背直、腰扭、膝屈、碎跑十二个字为表演特征，图形随机应变。1951年在上海工人文艺汇演中获得大奖，当时表演者和传人之一的是单元根。1988年收入《上海民间舞蹈》一书。

> 腰鼓队鼓乐齐喧，很有气势

> 舞龙队表演十分卖力

[三] 民间歌谣

普陀区的民歌民谣非常丰富，在数以千计的歌谣中可分为本地歌谣和外地移居民众歌谣两大类。

本地民众居住在苏州河北岸的真如、杨家桥、桃浦、赵家花园等地区，他们以务农、种植蔬菜、打鱼为生，许多歌谣反映他们的情趣、愿望和艰辛，具有沪语方言和顺口流传的特点，诙谐风趣，极具浓郁的地方色彩，如《农家乐》、《姑娘嫁个矮老虫》。

（1）农家乐

正月正，骑着白马看龙灯。

二月二，黄瓜茄子全落地。

三月三，荠菜花开结牡丹。

四月四，早稻田里把秧莳。

五月五，买条黄鱼过端午。

六月六，蚊子叮来不着肉。

七月七，捡个西瓜切罗切。

八月八，八个婆婆拜菩萨。

九月九，九个公公喝老酒。

十月十，十个姑娘全嫁脱。

（2）姑娘嫁个矮老虫

新打的茶壶亮堂堂，

新买的小猪勿吃糠；

新娶的媳妇勿吃饭，

眼泪汪汪想亲娘。

割过麦来打过场，

买点东西去看娘。

走过路，爬过冈，

遇到哥嫂栽黄秧，

哥哥洗手接阿妹，

嫂嫂洗手接姑娘。

姑娘接到厢房坐，

问声姑爷有多长？

不提姑爷还可以，

提起姑爷哭三场。

站着吭没扫把高，

困着吭没扫把长；

茄子窠里去跑马，

韭菜地里乘风凉；

灯笺窝里去汰浴，

踏板肚里换衣裳；

三尺红绫作长衫，

剪剪落落还嫌长。

有些歌谣反映他们生活的艰难。虽然长年辛勤劳动,却衣食不周,如《纺织女》、《渔民多苦愁》、《种田汉吃黄糠》。

（3）织布女

织布织布,

布机叽叽咕咕,

织布织布,

织女辛辛苦苦。

织出几丈白布,

换得几升粗谷。

勉强饱了肚皮,

穿的破衣破裤。

（4）渔民多苦愁

我伲渔民多苦愁,

鲜鱼挑到市场口;

鱼行老板黑良心,

刮皮挖肉吃骨头。

行佣要加二三成,

酒钱点心三六九;

算算白米有一担,

到手只有二三斗。

（5）种田汉吃黄糠

泥瓦匠住草房,

纺织娘没衣裳;

卖盐的婆婆喝淡汤,

种田的汉子吃黄糠。

在外地移居民众的民歌民谣中,大多反映19世纪末或20世纪初,因苏州河沿岸工业发展和家乡遭受灾荒,从苏北、皖北地区逃荒或被招募到工厂打工、务工的生活情景,如《女工苦》、《滚地龙》、《阴阳街》;有一首《五更相思》是说从苏北高邮来上海做工的姑娘被骗嫁的结果,用苏北小调演唱更是凄婉动人。

（6）女工苦

洋纱厂里号声响，

急忙起身进工厂；

姑娘进厂像朵花，

走出厂门像鬼样。

（7）滚地龙

滚地龙，滚地龙，

离地三尺芦席棚；

弯着腰身站不直，

难挡雨来难挡风。

（8）阴阳街

点灯灯不明，

喝水水不清，

走路路不平，

地痞来横行。

(旧时，普陀区苏州河北岸有条小街叫阴阳街，一边是居民的茅棚简屋"滚地龙"，一边是埋葬死人的坟堆。)

（9）五更相思

一更相思月儿升，

月光照着苦命人；

苏北高邮是家乡，

奴是爹妈的小千金；

实指望，到上海，

嫁个丈夫有良心；

哪晓得这个杀千刀，

是个油头小光棍。

二更相思月儿明，

想想实在难为情，

家里头，没得钱，

柴火也没得一根。

劝丈夫，莫嫖赌，
让我吃饱肚子暖暖身，
狠心的这个短命鬼，
要我裤带子勒勒紧。

三更相思起风云，
想念我的老母亲；
十月怀胎多辛苦，
女儿不能尽孝心。

我不该，听人言，
孤身来到上海城；
哪晓得，吃了亏，
满腹苦情说不清。

四更相思月西沉，
想起我的心上人；
青梅竹马在一起，
说说笑笑真开心。

他待我，实在好，
胜过我家二双亲；
到如今，隔两地，
梦中难见小卿卿。

五更相思天快明，
想起我的姐妹们；
找丈夫，要当心，
眼睛定要看看清。

千万不要来轻信，
油嘴滑舌没好人，
花头花脑花肚肠，
吃喝嫖赌害人精。

[四] 民间戏曲

1. 草台戏

旧时真如一带农村中的文娱活动,除了城隍庙会、麦黄会之外,就是观看草台班演戏。每逢正月半、八月半等时节,外地的草台班便会来真如演出,这种草台班的人数一般不会很多,一个人往往要饰演好几个角色。他们来到真如镇上,就在空地上搭台演出。

当地的民众都喜爱沪剧,所以演唱沪剧的草台班来得最多。有时也有一些演唱越剧、京剧的班社来演出,只是演出场次不太多。下午一点钟左右,村民们便会纷纷自带着凳子前来听戏了。一些老人有时因为有事缠身,会预先叫小孩搬了长凳前去占个座位,等戏开场后,老人们便会匆匆赶来,而此时的孩子们却纷纷跑到周围的地里去玩耍了。草台班演出结束后,村里也总要送些钱物表示感谢。旧时,每逢七月半,真如镇里还经常会有木偶剧团来演出。

过去真如镇上也有一个丝竹班,其成员大多是老板或小开,他们

> 苏州河龙舟邀请赛上的戏剧表演

> 真如庙会中少数民族表演热闹非凡

八仙过海是深受人们喜爱的节目

> 着古装，踩高跷

> 普陀区江南丝竹队正在表演

> 巡街表演中江南丝竹琴韵悠扬

> 踩着高跷依然气定神闲，表演优美

> 老人们表演十分卖力

都身穿呢制皮袄和皮鞋登台演奏。丝竹班的演出是义务的，他们经常表演的曲目有《走马》、《行街》、《三六》等等，而班中一些技艺高超的老先生，则还会演奏《平湖秋月》等一些高难度的曲目。

2. 江淮戏

江淮戏（现称淮剧）是盐淮地区人民大众的家乡戏。很多艺人也与故乡农民一样来到上海落脚谋生。初始在沪西街头广场"搭墩子"、"唱大棚",即在一块高地土台上或用帏布围起来卖唱。沪西地区自有了这个简易的场子便视为宝地,各个江淮戏班子轮番到此演出。民国时期,何叫天、筱文艳领衔的戏班子到此演出,轰动了一个多月,天天客满。筱文艳在家乡早就出名,流传着"要看筱文艳,两斤棒子面"的顺口溜,这次演出票价比两斤棒子面还便宜,大家都夸她不卖牌子,和家乡人心连心。50年代初,马麟童、何叫天、筱文艳领衔的淮光淮剧团编演了《枪毙柏文龙》,在沪西大戏院连演一百多场,也是场场客满。淮剧的兴旺与发展,离不开沪西地区的工人群众,也离不开沪西共舞台,它由私营业主于1931年在劳勃生路(今长寿路427号)建造,后改名高升大戏院、大都会大戏院,初建造时房屋与设施极其简陋。后因苏州河沿岸小沙渡(今西康路)一带工厂的苏北盐淮地区工人多,这里成为专演江淮戏的场子。

［五］民间传说

1.真如寺前的石狮子

　　一般来说,寺庙门前的石狮子总是成双成对,而真如寺门前的石狮子很久以来就只有一只,据说是另一只石狮子因为偷吃面粉店的面粉被老板打死了。原来镇上有一家面粉店,老板发现店里天天都会少面粉,但是店门每天都上锁,又没有发现有小偷进来的迹象,这是怎么一回事呢?一天夜里,老板躲在面粉桶后面,想一探究竟。待到三更后,只见一个黑影摇头摆尾走了过来,像是一条狗,只见它前脚搭在木桶边缘,头就拱在桶里吃面粉,老板刚想跳出来打它,它却一眨眼就没了踪影。第二天,老板拿着擀面杖仍是躲在原来的地方,等着偷面贼,到了三更时分,那条"黑狗"又来了,老板趁它吃得起劲,用尽全力,对准它的腰背猛击一下,只见火星四射,定下心再来看时,哪里还有那"黑狗"的影子？

天亮后，老板发现店门前有猫样的面粉脚印一直朝大庙方向延伸，最后慢慢淡化，自此以后，店里再也没有丢过面粉。后来，有人发现寺前有一只石狮子背上有一条明显的裂缝，细看时还会发现有丝血痕，明显被人击打过，过了几天，人们发现，这个受伤的石狮子碎成了一堆石块，老和尚当即叫小和尚把碎块清理掉了。自此，真如寺前就只有一只石狮子了，因为失去了伴侣，剩余的一只狮子也变成了一脸苦相。

"八一三"战争时，这只满脸苦相的狮子被炸毁了。

2. 会医治白喉的"白先生"

其实这位"白先生"不是真正的医生，而是镇民养的一只乌龟。

真如镇北弄居民陈韩根曾养过一只乌龟，这是他的曾祖父陈元善从城隍庙里买回来的，产于四川，原来有一对，后来在"八一三"时走失了一只，陈韩根虽经营饭店，但亦谙医术，据说他用这对乌龟为人治白喉，故被人称为"白先生"。

治病时，只要主人捧出乌龟放在病者面前，说一声"白先生，请为这位病人看一看吧"，待患者张开口时，白先生会把头伸进去，在患处舔舐，把脓血黏液去除，患者漱口后，再张口，白先生头再伸进去，在患处涂上它的唾液，此时患者立即有了清凉舒适的感觉，患者病轻者即可痊愈了，重者也最多两三次即可痊愈。为此，"白先生"名声越发大了起来。

如果病者生的不是白喉病，它头伸进去立即就会缩回，而且你如果不喊它白先生，它理都不理你，这也是白先生传奇的地方。这件事，1986年还曾在上海电视台被采访报道过。

"白先生"在陈家被养了一百多年，1988年初，真如旧镇改造，陈家迁入北石路水塘小区新房，虽有一只大桶给"白先生"做窝，但可能是因为不适应新的环境或是年岁太大，这位"白先生"终于在1989年3月死去，主人事后把它送往市自然博物馆制成标本。

3. 武术人物传说

清末民国以来，长征镇习武、练武之人为数甚多，尤其是太平桥、北横港更是举不胜举。

（1）剃头师傅周茂春

大约180年前，长征镇太平桥有个剃头师傅叫周茂春。他从小练得一身好功夫，为人厚道、讲义气，从不以功夫欺负别人。有一次，庙头出会，周茂春去看出会，庙头有一帮人，不知为何要打管弄的一个人，那人相貌长得和周茂春一模一样，庙头的人认错了人，不问三七二十一，围起来抓住周茂春就打。周茂春急忙叫喊，侬打错人了，我是太平桥剃头的，不要弄错。他一味避让，决不还手，而这些打手们，以为是他在骗人，还是不放，穷追猛打。周茂春一面朝人稀的地方退去，一面用手拉住两个人，挟在两边肋里，保护自己肋部。只见周茂春左右晃动，打过来的拳头被完全避开，统统打在被夹住的两人身上。

旁观者觉察了周茂春的功夫，一齐上阵把那些打手拉开，周茂春两臂一松，被夹的两个人，顿时瘫在地上不能动弹。此时，庙头的一位长者，把那帮打手骂了一顿，并大声说：他是太平桥剃头的周茂春，今朝他不肯出手，你们十个八个人，根本不是他的对手，看看这两个倒霉鬼就是下场。说完连忙向周茂春打招呼，说："误会误会，对不起，这些小辈不懂道理，给庙头人丢脸了，幸亏侬功夫好，否则要出大事。"那帮打手也知道打错了，涨红了脸，异口同声地说："周师傅，实在对不起，对不起。"抱拳拱手，纷纷逃去。周茂春笑笑，不当一回事，仍旧看庙会。不过他对庙头那位长者说："两个替死鬼，只受点外伤，只须服点伤药，静养十到廿天，会痊愈的。"说完拱手告别，回太平桥了。

（2）大力士潘良

长征镇红旗村蔡家浜，在150年前，有个大力士，名叫潘良，此人力大无穷，至今还流传着他的一些趣事。

潘良年轻时，曾经去考过武举人，由于他力气太大，而使用的兵器分量太轻不配手，挥动时动作过大，违反了规则，因而没中举。从此他无意功名，回乡耕种田地，淡泊名利，自得其乐，练武健身。

他有个习惯，每天早晨要去真如镇吃早茶。当时去真如镇，只有一条很狭的路，不能两人并肩行走，路两旁都是水稻田。那天，正巧有两个从山东来的小伙子，推了一辆独轮车，装满了布，停在路上休息，一边擦汗，一边喘气，一副很吃力的样子。潘良走近了，就打个招呼，请两位把车子稍微移动一下，好让他侧身走过去。两个小伙子看看这个胡子雪白的老头，不理不睬，不作让步。潘良等了好久，他看在眼里，气在心里，就不声不响地上前一步，连车带布，拎起来，又轻轻地放在路旁的稻田里，头也不回地扬长而去。

这时候，两个小伙子被这一股神力吓傻了，想想自己这部车子，加上布的重量，至少也有四五百斤，而这位老头却不费吹灰之力抬起又轻轻放下，而且脸不改色气不喘。两个小伙子吓得一句话也说不出来，你看我，我看你，望着渐渐远去的白胡子老头的背影。他俩自感羞愧，无话可说。他俩只得请几个人帮忙，把车子连布从稻田里拉上来，再三谢谢大家，临走说了一句话："人不可貌相，海水不可斗量。今天俺俩遇上高人了。"

(3）许盘武艺非凡

清朝末年，许家宅出了一个武艺超群的许盘。他平时深藏不露，为人十分随和。许盘有兄弟三人，都到男大当婚的年龄，而许家仅有三间平房，不够住，准备改建房屋。许盘受父亲嘱托来到南翔镇一家木行买木料，老板见顾主上门，开始很热情，亲自领去看木料，后来看许盘拣木头十分挑剔，很不高兴，过了一会儿，老板见他还未选好，就瞪着眼说："这么多木头，由你拣，这么大的料还嫌小，不知道你一个人拿得动吗？"许盘一听，话中有刺，在嘲笑我。随之哼的一声，指着二根较大的木头说："我还嫌它太轻呢！"他腰一弯，两手一拨，两根大木头，一左一右夹在腋下。木行老板看呆了。许盘决定再露点本事给他看看，便指着一只又笨又重的木凳说："不要说我嫌那根木头轻，你这只木凳我也可以拿它当马骑，我要它跳多远，它就跳多远。"这时老板心想，年轻人也太狂了，吹得过头了。就说："行，姓许的，你能叫它跳多远，我就给你多远木头。"许盘看了老板一眼，微微一笑："当真？你看。"只见许盘纵身一跳，两脚稳稳地跨在木凳上，又奋力往上一跳，两腿一松，木凳顺势甩出好远。木行老板看得目瞪口呆，只得认输，输得心服口服，把木料全部送给许家，不收分文。木行老板打赌认输一事，很快作为趣事，四方传扬。

山东马永贞听了传闻很感兴趣，想要会会许盘，顺便以武为友，切磋武艺。一天马永贞带了一个徒弟，扮成和尚，来到许家宅，寻找许盘。此时正值黄梅季节，秧苗田里灌满了水，禾已经由黄泛青，许盘正在车棚里，看牛车水。忽见一个和尚向他问道："你们这里有个名叫许盘的吗？我是专程来拜访他的。"许盘回答可以之后，和尚又问他，你是许盘家什么人？许盘说，我是许盘家干农活的人，两人攀谈之际，许盘稍一弯腰，从水车旁拿过一个毛竹筒，用两只手轻轻一提，只听得"辟拍"一声，毛竹筒碎裂了。马永贞看得清楚，心里想许家佣人有这等本领，许盘本人更不用说了。这时，许盘问了和尚尊姓大名，才知对方是山东武林高手马永贞，随即请马到家中做客。

马永贞见许盘家中，刀枪林立，威武异常，又见许盘指令家人端水送茶，热情接待，再看许盘换了一身装束后的气度，知道所谓的佣人就是许盘本人，心中暗暗佩服。宾主落座，一见如故，亲切交谈十分投机，马永贞说："初次见面，大家不妨展示一下自己的武艺。"许盘说声"请"，马永贞便离座而起，脚尖踮起，向上一跃，身子腾空，跳到蜡烛火头上站了一会，然后又轻声落地，回到原座位上。许盘也不甘示弱，伸手取了两根筷子，使劲向挂灯用的铜钩抛去，只见两根筷子，均穿过铜钩，直插在屋梁之上。接着许盘脚尖着地，身子一颠，腾空飞起，从屋梁上取回筷子，然后轻轻落座，将筷子放回原处，许盘和马永贞相视哈哈大笑，又交流了学识见闻。临别时，马永贞双手作揖，说声后会有期，便和徒弟离去。

[六] 民间俗语、谚语、歇后语

1. 长征镇的俗语

普陀区长征镇过去有许多生动形象的民间土语与俗语，它们语句简洁明了，通俗易懂，语义富有哲理，耐人回味。

(1) 时政类

朝里无人莫做官。

一朝天子一朝臣，朝朝代代出伽人。（伽人：聪明能干会办事的人。）

阎罗王好见，小鬼难抗。（抗：对付。）

千军易得，一将难求。

好铁要打钉，好男要当兵。

(2) 事理类

有理无理，出拉众人嘴里。

吃人家嘴软，拿人家手软。

名师出高徒，良将无弱兵。

棋高一着，缚手缚脚。

远水救不着近火，心急吃不得热粥。

嫁出囡，泼出水。

六月里格日头，慢娘格拳头。（慢娘：后娘。）

坑缸越掏越臭。

莳秧看来垺。

人望高山水望低。

磨刀不误砍柴工。

出头椽头先烂，枪打出头鸟。

着骱不用刀。

生煞脾气钉煞秤。

牛吃稻柴鸭吃谷，各人自有各人福。

长人看戏，矮人吃屁。

拉啦篮里是格菜，吃啦嘴里就是食。

好吃果子连核咽。

皇帝不急急太监，养囡不急抱腰急。

羊毛出勒羊身上。

麻子乖再乖，还要给癞痢拎草鞋。

上山容易下山难。

千拣万拣，拣着骰子瞎眼。

只要巧，不必早。

吃啥饭当啥心，敲啥木鱼念啥经。

粳米不着糯米着，捞鱼不着掰茭白。

（3）修养类

人要面子树要皮。

花好稻好，娘好囡好。

若要好，老做小。

不听老人言，吃尽苦黄连。

吃回欺，学回乖。

争气不争财。

上梁不正下梁歪。

人争一口气，佛急一支香。

二十年媳妇二十年婆，再过二十年做太婆。

烧香烧到枯庙里。

早睡早起身，胜如吃药补人参。

不识字好做人，不识人不好做事。

胆大有官做。

（4）社交类

朋友多一个好一个，冤家少一个好一个。

圆团来，塌饼去，一拳来，一脚去。

相骂无好话，相打无好拳。

嘴里讲出糖来，腰里拔出刀来。

送佛送到西天。

亲兄弟，明算账。

酒肉朋友轧不长。

人情不是债，赖也勿好赖。

一朝生，两朝熟。

出门一里，勿及屋里。

皇帝勿差饿兵。

（5）生活类

省一钿不算啥，借一钿就是债。

富日脚要当穷日脚过。

有了七钱三，不怕天来塌。

爷有娘有，不及自有。

铜钿眼里串跟斗。

别人看我不像，只要自家勿冷。

算算用用，一世勿穷。

算计不通一世穷。

穷作穷，还有三担铜。

柴米油盐，全靠做来。

手里动动，嘴里哝哝。

积谷防饥，养儿防老。

一个和尚拎水吃，两个和尚扛水吃，三个和尚没水吃。

只有饿煞，呒没做煞。

吃面着蒲鞋，暗暗撩人家。

吃仔一黄昏，苦仔一三春。

坐吃山要空。

白吃白壮，开爿肉庄。

日图三顿，夜图一顿。

一饿一撑，只剩二十四根肋排（肋骨）。

漆石缸经不起漏水眼。

吃是受用，着是威风，赌是亏空，嫖是送终。

有吃无吃望年夜，有着无着望出嫁。

到啥山，捉啥柴。（捉柴：砍柴。）

人要衣装，佛要金装。

热粥难为菜，娇妻伤丈夫。

有钱难买老来瘦。

好汉只怕病来磨。

长病无孝子。

出门要防三九月。

早起碰着隔夜人。

丈母看女婿，越看越有趣。

吃煞新女婿。

上门新女婿，铜勺铲刀像做戏。

2. 真如气象谚语

百年难遇岁朝春。（岁朝春：恰逢立春。）

交春落雨到清明。

春风不着肉，吹及娃娃哭。

春雾日头夏雾雨。

二月初八请客风，送客雨。

清明断雪，谷雨断霜。

夏至西南没小桥。

夏至团栾风，十只浜头九只空。

夏至有风三伏热，重阳无雨一冬晴。

夏雨北风生，夏雨隔田晴。

雨打黄梅头，四十五日无日头。

小暑一声雷，黄梅依旧归。

夏至东南第一风，不种低田命里穷。

黄梅雨赤肢，明朝再湿湿。

东虹日头，西虹吼雨。

云头雨，吓小鬼。

黄梅东风天雨下，黄梅天冷雨水多。

小暑交大暑，热极无躲处。

六月初三，一个阵，上昼脱花（锅羊）下昼困。

蛐蛐唱歌，有雨不多。

六月十四雷轰，一摊豆饼，一把虫。

六月二十雨飕飕，屋里蒲包盖墙头。

小暑一声雷，七十二个野黄梅。

七月十二东南风，蒲包帘子要卖空。

一阵秋雨，一阵凉。

秋来东南阵，雨落二三寸。

白露身勿露，赤膊当猪猡。

白露日格雨，到一块坏一块。

八月田鸡老先生，叫一声，荡一声。

八月南风，两日半。

风潮年年过，只怕处暑类白露。

九月南风两日半，十月南风当日转。

十月南风引小春。

三朝见雾发西风，勿及西风雨不空。

乌云接日头，半夜雨飕飕。

日汲胭脂红，明朝雨兼风。

冬前不结冰，冬后冻煞人。

日枷风，夜枷雨。（枷：晕。）

鸡啁风，鸭啁雨。

鸡早上栖，大雨荡溪。

两春来一冬，无被暖烘烘。

春东风，雨祖宗。

春雾雨，夏雾热。秋雾凉，冬雾雪。

今夜露水重，明朝太阳红。

霜重风晴天。

霜后南风，连夜雨。

梅里南风大雨来。

梅里迷雾，有雨在半路。

一荡一个泡，明朝就天好。

东北风，雨太公。

日出一时红，不是雨，便是风。

重阳之雨，半冬晴。立冬无雨，一冬晴。

热在三伏，冷在三九。

朝有被絮云，午后雷雨临。

荡雪不及融雪冷。

早霞出太阳，晚霞迎雨来。

冬至西风百日阴，阴阴湿湿到清明。

闪电不闪雷，雷雨不会来。

麻雀困食要下雨。

两里闻蝉叫，晴天就要到。

蜜蜂迟归，雨来风吹。

头九落雨，九九落雨。

端午不落端六落，端六落了烘脱瓦。

头九落雪，九九落雪。

头九到二九，朝见不出手。

三九二十七，树头吹毕立。

四九三十六，夜眠如露宿。

五九四十五，穷人街头舞。

六九五十四，树头看嫩枝。

七九六十三，纳布两头担。

八九七十二，猫狗讨阴地。

九九八十一，犁耙一齐出。

旱九水之春。

雨送九，年年有。风送九，搓搓手。

腊雪勿落，黄梅勿做。

干净冬至，邋遢年。

霜夹雾，旱日水也枯。

燕子低飞，鱼跳水，墙边还潮，蚂蚁搬家，青蛙聚会，必有大雨。

猪在圈里闹，鸡飞狗叫，牲畜不进棚，老鼠机灵先跑掉，地震将来到。

3. 民间歇后语

顶了石臼做戏——吃力不讨好

额角头上搁扁担——头挑

小葱拌豆腐——一清二白

阎罗王贴告示——鬼话连篇

针尖对麦芒——尖碰尖

大少爷种田——大手大脚

牛身上拔根毛——不在乎

吃了对面谢隔壁——缠错了

隔年饺子——老口

萝卜敲金锣——越敲越短

砻糠搓绳——起头难

麦柴管当火通——小气

强盗碰到贼爷爷——黑吃黑

大雪天走路——一步一个脚印

隔年皇历——过时货

舌头舔鼻头——脱空一段

十月里的鸡冠花——老来红

九月里茭白——灰心

大蒜头出芽——多心

含青皮橄榄——先苦后甜

棺材里伸手——死要钞票

聋甏耳朵——装装样

癫痫头撑洋伞——无法无天

哑巴交朋友——指手划脚

打断骨头连着筋——连襟

十月里的芥菜——齐心

十月里的丝瓜——一肚皮的丝（私）径

蟛蜞做馄饨——内戳穿

八十岁学吹打——寿长气短

枯庙里的旗杆——独立

年三十夜要账——讨债鬼

鳗鲤放在汤罐里——不舒直

河虾跳在油锅里——作死

尼姑庵里晒尿布——阴干

老母鸡生疮——毛里有病

丈母娘看女婿——铜勺铲刀做戏

临时上轿穿耳朵——急煞

丈母娘碰到亲家母——婆婆妈妈

大脚穿小鞋——前（钱）紧

阿姨接姐夫——小人不吃苦

老虎头上拍苍蝇——找事体

瞎猫碰到死老鼠——额角头（幸运）

新娘子坐花轿——靠众人抬举

新母鸡下蛋——涨红了脸

赤佬晒太阳——影子也没有

中药店里的揩桌布——尝尽甜酸苦辣

染坊里的白布——会变五颜六色

小尼姑看嫁妆——今世无缘

张天师给娘打——有法无用

牛吃稻草鸭吃谷——各人自有各人福

拍脱门牙朝肚里咽——吃哑巴亏

买眼药到石灰店——走错了门

叫化子吃死蟹——只只好

叫化子唱山歌——穷作乐

出土的竹笋——捂不住

出须的萝卜——肚子空

小鸡吃米——只会点头

雌老虎碰到毒夹钳——凶对凶

路通理通，缸空甏空——穷秀才

屁股上挂铲刀——前抄后掠

头伸在甏里，日里不晓得夜里——昏天黑地

牢骱不用刀——得理不饶人

鸟叫做到鬼叫——吃力

缺嘴拖鼻涕——吸路

棉花耳朵风车心——无主意（心活）

老太婆纺纱——拖拖拉拉

老太婆吃黄连——苦口婆心

老鼠过街——人人喊打

叫化子炒三鲜——要一样没一样

和尚剃头——一扫光

土地老爷戴孝——白跑

城隍老爷出会——闹猛（热闹）

鸭吃砻糠——空欢喜

老太婆吃油盐饭——夯（喘）倒

洋面袋里装老菱——露尖（奸）

天好三家叫，下雨无人要——帮人命

盐钵头里出嘴——白望

民间信仰

[柒]

> 真如寺兜率内院香火旺盛

> 烧香祈福

1. 真如庙会

真如庙会始于元末明初，每年农历四月初八佛诞节，寺前悬灯演剧，酬神迎会，当地妇女都纷纷进寺上香，四乡之民蜂拥而至，商贾匠人设摊售物，历来是这一地带最为隆重的群众性集会及娱乐活动。这样的活动后来一直要延续到四月十八的大型出会，会期两天，因时值麦黄期，故又名麦黄会。

在四月十八真如庙会的大型出会队伍中，最吸引眼球的节目是台阁。其形制是用木板制成一座小舞台，舞台上布景齐全，下有八根抬杠，由八位身强力壮的青年将小舞台抬起。小舞台上有四五名十来岁的儿童，装扮着戏曲节目里的人物。随着出会的锣鼓声，巡游于真如的街头巷尾。小舞台上的十来岁儿童学着戏曲中人物的腔调，一举一动都会引来人们的欢笑。善良的民众常在欢笑声中把一包包糕点、糖果抛向小舞台，形成了一片欢腾的海洋。巡游的台阁，由真如周边各乡轮流做东制作，由于各乡都希望自己制作的台阁胜人一筹，于是以前出会时的台阁个个都是精致美观，匠心独具。

在出会巡游的行列中，还经常有一种"擒鹰放鹞"的活动，其做法是在一辆特别的推车上矗立着一只很大的鹞子，鹞子的中央放置着当地民间收藏的各种传家之宝，如金器、银器、古董、文物等等。随着巡游队伍在广大民众的眼前缓缓经过，各种宝物一一进入观赏民众的眼帘，展示了富贵华丽的风采。擒鹰放鹞一般由周边各乡轮流做东，通过展示自家的宝物，既让广大民众饱享了眼福，又有一定的自我炫耀色彩。

另外，"托香"也是真如庙会中一种较为常见的民俗节目。所谓"托香"，就是指用铁钩子钩在手臂的肘部筋上，下面钓香炉、铜锣鼓等物，沿街边敲边行，下面吊着的重物，重者数十斤，由另两个人抬一木板托担住同步前行。整个队伍中还有插旗伞、荡湖船、花亭、龙灯等各种仪仗队，最后还有城隍爷等神像压阵，周围还有被称为"红黑怪"的皂隶簇拥。

直到20世纪50年代初期，真如庙会还很盛行，后来则逐渐演变成"城乡物资交流会"，从1993年起，真如庙会变成了带有文化色彩的行街活动，诸如演剧、进香等内容也逐渐恢复，近年来已不是每年都举行。

2. 龙灯会

过去桃浦、真如地区民间信仰十分盛行，凡遇神诞、节庆、禳灾之事，这里的乡民们经常要在庙宇中祭祀祈禳，迎神赛会。当地较有特色的一项迎神赛会活动是龙灯会，这是一项主要为了祭祀唐代名将秦叔宝而举行的赛会活动。桃浦地区举办龙灯会的时间一般起自正月十三，止于十七，前后历时五天。届时各村都要组织一支龙灯队，整个龙队由龙头、龙身和长长的龙尾组成。龙头上装有大大的龙嘴巴和龙眼睛，扎工考究，装饰美观；龙身每节长1米，直径0.5米，由篾竹片扎成圆筒形，外糊棉纸，中点红烛，各节由或红或黄或蓝的一色布连接。另有一种称"沙龙"，由杂色花布或绸连接，龙身中不点红烛。出龙时，前有掌大圆灯或六角灯导行，称"头灯"，后有锣鼓班，边歌边舞，走街串村。龙灯队所到之处，乡民放鞭炮迎接，舞毕赠以红烛。龙灯队经常还要舞至知名人士家中，称"串舞"，以示祝贺，此时主人家须破费作谢。每次出灯后，按传统要聚于所祀庙中，神像前香火缭绕，供品如山。十七日的晚上，整个桃浦地区各村的龙灯都要聚集于厂头的秦公庙，因此，此日秦公庙中的龙灯会规模最大、名声最响，通常有三十多条龙灯会集于庙前，舞毕将所供的秦公（叔宝）像抬到庙前广场上祭祀三天，再上殿归座，围观群众不胜其数。抗日战争时期，由于受战争和灾害的影响，龙灯会不能年年举行，逐渐走向式微，直到解放后，在某种庆典、重要活动等场合，桃浦地区的文艺舞台上才又重新出现了舞龙等表演性活动。

旧时真如地区也十分盛行龙灯会，每年从农历正月十二开始，一直要到正月十七结束，其场面热闹非凡。届时来自镇周边的村或乡，都有一个9－13人组成的一条龙灯到镇上参加聚会，一般有十条龙聚在一起，进行舞龙表演。这些龙灯从头到尾共有十三节组成，每节里有一盏点亮的蜡烛，故名为"龙灯"。

每个舞龙灯的队伍必定要到周边的庙宇去舞一遍，随后进村庄，有财力的村民在自家门口搭起一个"旺门"，所谓的"旺门"，即是由农家的豆萁柴（桔梗）竖着搭起来的一个呈三角形的堆，等到舞龙队伍进村后纷纷点燃迎接。一条龙灯挨家挨户进去溜一圈，以示福到，而这户人家也会送上一包蜡烛以示感谢。每一队龙灯队还用锣鼓配合舞龙活动，他们的动作姿态多样，时而躺下，时而单腿跪着，变化多样，吸引了众多的村民围观。舞龙队伍有时会把周边的庄稼踏坏一大片，但说来奇怪，后来长出来的庄稼比原来的还要好，人们戏说这是因为有"龙王"保护的缘故。

在舞龙等队伍中，有一队九人左右的小龙，特别受大家喜爱，它是由"悦来记"茶馆的老板沈来发组织的，由九个12－14岁的小孩组成，龙身里面的烛台板也比较轻，是特地为小孩的体力设计的。但是小龙的舞姿却丝毫不亚于大龙。龙灯有"沙龙"——一种身体上有多种颜色的龙，有黄龙——身体为黄色的龙，乌龙——身体里有细黑白条花纹等九条龙组成，它们身体上都配有各色锦绸，舞起来十分好看。

3. 麦黄会

解放以前，真如地区每年有做"麦黄会"的习俗。会首大都由本地知名人士轮流担任，会期一般为两天，时间都在麦黄季节，所以称"麦黄会"。

出会时，各村乡亲都要把自家的珍贵物品拿到镇上展出，还要表演各种文娱节目，如荡湖船、踩高跷、调龙灯、八仙过海、鹬蚌相争等戏文，还有十来个小女孩化装成挑花篮的女子。其中最精彩的要算

"托香"和"台阁"。托香者个个都是大力士,他们将右臂向前伸直,把铁钩子扎进肉里,钩子愈多,吊的物件就愈多,扎钩时还规定不能出血(假如出血,替人扎钩者就是没有本事的人了)。钩子上有的吊花篮,有的吊香炉,有的吊石头。轻者有数斤,重者数十斤。另外还有两个人抬着一块木板,让托香者的手臂搁在木板上一同游行。也有的托香者吊着一面大锣,前面也有两个人抬着木板让他搁手臂,好让他一边走路一边打锣。托香者只要对菩萨老爷诚心,便不会感觉到疼痛。

另一个精彩节日叫"台阁"。就是在台子上扮成各种戏剧人物,如刘关张、穆桂英、许仙和白娘子,还有空城计里的诸葛亮等等。装扮者都是雇来的穷苦人家小女孩,大的十来岁,小的才八九岁。她们站在台上扮各种姿势,不能乱动,就像现在橱窗里的模特儿一样。为防止从台子跌下来,要用绳子捆紧她们的身子。这差使很苦,有时出会时间很长,她们就得一动不动地苦熬半天时间。

4. 真如庵堂及其尼姑

真如周边庵堂很多,说到庵堂又不得不说起庵里的尼姑。入庵的尼姑大多是因家贫而削发为尼,也有幼儿时期就被送进庵堂的,另有一些是外地前来投靠的尼姑。她们年满16周岁就要被削发,20周岁要在头上烫香洞,年长的尼姑被称为"师太"。居住在这些庵庙的师太们经常互相联系,一有佛事、佛场,便互相联络组成诵经队伍前往。这些师太也会收留一些因家贫或者女孩多的人家送来的孩子,她们的生活来源大多是依靠自己种的蔬菜,小部分是外出做生意收入,还有极少部分是香客的资助。平时她们留在庙宇里看书诵经,空闲下来就在庙后空地上种些蔬菜,以供平日食用。万寿寺(大庙)的老师太一直到文革前还居住在寺内,后来受文革的冲击,庙宇差点被毁,自此庙宇一直空闲至文革结束。后来,市博物馆出资对其进行了一次修复,后由市佛教协会牵头,妙灵法师一班人入驻大庙,庙内开始由和尚掌门,并进行了修复和扩建,才有了今天的真如寺。

5. 真如寺佛事活动

真如寺始建于宋代,是一所已有800年左右历史的古寺。它的大殿经专家考证,为元代延祐七年(1320)所建,是上海乃至江南地区

> 真如寺外景

少有的元代建筑。真如寺建成后，规模不断扩大，因香火旺盛，老百姓称作大庙，周围逐渐形成市集，居民日多，后设立镇制，且因寺得名，称真如镇。数百年间，寺院屡经战火，建筑大部分被毁。上海解放后，人民政府曾多次拨款整修寺院。

1991年8月，市宗教局和区人民政府决定修复真如寺并对外开放，还成立真如寺修复委员会。在区政府和镇政府的支持下，自1991年12月至今，先后建成天王殿、圆通殿、佛塔、长廊、藏经楼、六和园等建筑和景点二十余处，成为一座较为完整的佛教丛林。占地面积也从原来的八百五十多平方米，扩展至一万多平方米。

真如寺恢复对外开放后，成为一处有影响的宗教场所，各项佛事活动日益扩大。主要有：

(1)讲经。自1992年起，住持妙灵法师坚持每周六晚上向僧人和佛教信徒讲授佛教经典，每次有三百余人参加，念佛堂内往往座无虚席。1997年起又增加每周日晚上讲经。一星期讲经两次，已坚持至今。先后讲解了《佛说阿弥陀经》、《妙法莲华经观世音菩萨普门品》等十余部佛教经典。

(2)念佛会。为满足广大佛教信徒学习佛法的愿望，1993年，寺院成立了念佛会，每逢星期日在念佛堂内举行全天诵念佛经，由僧人教

> 真如寺牌楼气势巍峨

授和领念。每次固定80人左右，但常常超出，有时达150人。诵念的佛经有《地藏菩萨本愿经》、《金刚般若波罗蜜经》、《妙法莲华经》等。念佛堂有电视转播设施，可将堂内活动转播出去，达到一处诵经，全寺齐鸣的效果。

（3）法会。1992年每年举办五场，后逐渐增加，现在每年举办约十场。内容有华严法会、清明佛七法会、文殊佛七法会、观音佛七法会（两场）、地藏佛七法会、药师佛七法会、冬至佛七法会、盂兰盆会、浴佛法会等。举办法会前由寺院发出信息，居士及信徒可自由报名参加，并出资在寺内供牌位。在世的称为延生牌位，为其延生保平安；去世的称为往生牌位，为超度亡灵，早登西方极乐世界。法会期间信徒云集，气氛祥和庄严，不仅有外省市来的，并有不少从美国、加拿大、新加坡和中国香港等地专程赶来的信徒。

（4）皈依活动。1992年起，寺内每年为居家男女二众举行三皈五戒仪式两至三次。三皈为皈依佛、皈依僧、皈依法；五戒为不杀生、不偷盗、不邪淫、不妄语、不饮酒。此仪式共有七项程序：请师（皈依信徒恭请师父）、请圣（请大菩萨护持，有本师释迦牟尼佛、西方接引阿弥陀佛、当来下生弥勒尊佛等众多菩萨）、忏悔（忏除历劫身心所犯业障，由师父问，信徒答）、开导（师父说戒，开示引导）、求受皈

> 晒佛布

戒（即上述五戒，师父逐戒问，徒弟逐戒答，如能全部做到为满分戒）、发愿（徒弟发四愿：众生无边誓愿度、烦恼无尽誓愿断、法门无量誓愿学、佛道无上誓愿成）、回向（将皈依功德回向西方极乐世界阿弥陀佛）。十余年来，皈依在住持妙灵法师门下的弟子有近万人。举行皈依仪式后，男弟子称为优婆塞，女弟子称为优婆夷。

此外日常民众来寺举办的佛事活动也很频繁。其内容大多是为死者超度或做冥寿，也有为生者延寿消灾的。这种小型佛事活动安排在一处偏殿内，由做佛事的当事人献上供品，延请五至七位僧人根据不同的内容诵念不同的经。参与佛事的信众则在僧人指导下行礼跪拜。白天晚上均可进行。农历的初一、十五为固定香期，信众们都会来寺进香礼佛。寺内伽蓝殿供奉的伽蓝菩萨，原是寺院的护法神，但真如镇附近的老百姓都认为他是当地的神明，习称张阿伯。传说他对本乡本土的人十分爱护，凡有困难或病痛来求他解决，十分灵验，所以来祈求的人很多。逢到农历五月十三日伽蓝菩萨生日，香火更是旺盛。

> 一串串的福字，承载着无数的幸福追求

6. 玉佛寺"烧头香"

"头香"，顾名思义，就是一年中的头一次烧香，佛教信徒把一年中的头一次香期看得非常神圣，有些为了赶上新年钟声敲响的一刹那，就能在佛前上香许愿，不惜彻夜不眠，在寺院静候。民间"烧头香"往往是为了祈求新的一年顺利，保佑平安祥和。

> 玉佛寺始建于清光绪年间，现为普陀区最重要的佛教寺庙

> 玉佛寺中的大雄宝殿

近两年，上海人过年时去玉佛寺"烧头香"的香客越来越多。届时玉佛寺大雄宝殿前的大香炉中香火旺盛，香客们摩肩接踵，人头济济，善男信女先是双手持香祭拜天地，再依次排队敬拜菩萨。

玉佛寺的周围经常停满了车，售香票和入口处都排起长队，有时甚至可以绕上玉佛寺几圈。从除夕到初一，玉佛寺接待的人数一般都要达到 9－10 万人次。后来为了控制人数，该寺只能通过出售"香火券"的方式以求缓解。在发售过程中，实行预订与现售、认购与赠送相结合的办法，对一向以来给玉佛寺极大支持和爱心的人员适度优先。就佛教教理而言，烧香是出于对佛与菩萨的尊重和崇敬，是对自己平安幸福生活的祈求和向往，佛教强调"心诚则灵"，只有一个心地纯净的人，才可能与佛菩萨心息相通、平等交流，一切动机不纯的人都将会一无所得。因此佛教徒的烧香并不是一般世俗人所想象的那样是愚昧行为，更不是个别人想当然的那样无所不能。

　　来到玉佛寺"烧头香"的人，一般都会先在大雄宝殿许下心愿，其内容大都是希望全家人健健康康、事业顺利之类。然后一一登上玉佛楼。楼上一尊坐玉佛端坐于前，形象端庄秀丽，旁边两个高僧坐于椅上，口中不断念经。香客们由一名和尚带领来到玉佛面

＞莲花灯传达着人们的心愿

前跪下，手拈一根许愿香，默默许下心愿，然后退后跪在垫子上。此时一名高僧走到香客面前，嘴里念念有词，然后用净水为香客们加持祝福。先是将净水洒到香客们的头上，然后再将净水洒到香客们的手上，让他们用净水拍打全身。此时香客们顿时觉得自己整个身心受到一种干净透彻的沐浴，一瞬间一股暖流袭上心头。整个加持仪式过程，使那些平时为各种琐事烦心劳神的人去除了所有的烦恼，感到了一种心灵的充实与满足。一些对玉佛特别崇信的人，在烧过香后还与玉佛寺结下不解之缘，被寺内方丈收为门徒，定期参加方丈主持的法会，有的还接受方丈为其起的法号。

岁时节令民俗

捌

1. 元宵挂塔灯

过去每年元宵佳节，真如镇的居民除了玩龙灯之外，还有在真如

> 迎春吉祥物挂满街

大庙里点挂塔灯的习俗。塔基是两块二米长、三十多米宽的条石，一块露出地面，一头埋在地下，悬托灯笼的桅杆(俗称"长梢木头")就竖在两石之间。桅杆之上另有头灯，头灯一般为五盏，并排吊在一个竹架子上，高高升起，数十里外都能见到。头灯之下是一层一层像宝塔一样的塔灯。塔灯每层六盏，灯笼较头灯稍小，悬挂于用篾片扎成六角形的鹞子上或竹架的六只角上。年成好时，这样一层一层的灯笼可多达廿一层，少时也得有十七层(成单数)。点灯、送灯、挂灯都有专人负责。点灯人在室内把灯笼点好后先挂在竹竿上，两个送灯人就把要挂的灯笼提到塔基处，让挂灯人再挂到六角形的架子上。挂好一层后就用绳索拉上一层，一直拉到最后一层。假如

> 迎新年，写春联

时间持续很长的话，还得放下灯笼另换一次蜡烛。

2. 三月挑野菜

旧时每年春二三月，万物生长，百草萌发，当地农村有挑野菜习俗。届时农家青年妇女结伴成行，拿了尺刀和篮子，来到田头路边挖取野菜。野菜的品种主要有二，一为荠菜，一为马兰头(又称红梗菜)。

此二者皆可食用，既可炒来吃，又可切细后拌来吃，而且还有明目作用。春天野菜是时鲜，城里人食此尝新，农家以此节省铜钿。谚有"三月三，蚂蚁上灶山"之语，旧时家中皆以荠菜花置灶头上，以厌虫蚁。

当地民间还流传着一首挑马兰头的歌谣：

> 红梗菜，马兰头，
>
> 姆妈吃仔养丫头。
>
> 丫头养来好，红轿子来讨，
>
> 丫头养来丘（"丘"，当地方言"不好"），
>
> 癞痢头来偷，偷去当枕头。

3. 七月半祭祖

农历七月十五，俗称"鬼节"，真如当地每家每户为逝去的亲人斋祀，家中烧些菜肴敬酒祭祖。到时还会请些至亲好友到家小聚，一来怀念亡人，二来亲朋好友有一段时间没有见面了，趁这个"七月半"节碰面聚谈。七月半那天，当地每家都有包馄饨的习俗。为了过好七月半，每户在七月十四晚上就要开始准备，因此这天晚上镇内的小店一般都通宵做生意，特别是切面店里的馄饨皮子生意特别红火，因为真如镇的馄饨皮做得特别好，所以远近农民都要到真如来买，往往要排一个小时左右才能买到。

4. 重阳登高

农历九月初九为重阳节，又称"登高节"，旧时九列为阳数，两九重叠且"九"与"久"谐音，因此更视为吉利佳日。这一天古人有出游登高、赏菊、饮酒、插佩茱萸、吃重阳糕等习俗。在桃浦地区，这一天家家户户都要蒸糕，称为"花糕"，以糯米粉、豆粉、糖等为原料，点缀枣、栗、杏仁等果铺，撒上黑芝麻、红绿丝蒸制而成，色香味俱全，为重阳节的传统食品，有的人还要在糕上插上红绿色小彩旗，称"重阳旗"。

妇女们则于此日折茱萸插头佩戴或系于手臂，可避邪；悬于室内，避鬼魅，后在重阳糕上插上红旗三角旗，象征插茱萸。菊花是重阳节的要品，值秋开放，抗寒傲霜，故人认为食菊能延年益寿。饮菊花酒可辟邪祛灾。每逢重阳，富贵人家，以菊花数百盆架于广厦中，形似

菊花塔，实际是菊花品种展览。文人们则喜爱于高台上设酒宴，饮菊花酒，谓之"菊酒延年"。客居异乡的人，此时则要面朝故乡的方向登高望远，以寄托对故乡亲人的思念。

5. 三巡会

解放前的真如地区，在每年的清明、七月半和十月朝这三个"鬼节"都要举行一种出会活动，叫做"三巡会"，所迎的神灵是当地的城隍老爷韩成。韩成是明初朱元璋手下的名将，据说有一次朱元璋在鄱阳湖大战被困，眼看即将被俘，韩成叩请朱元璋脱下龙袍，由他穿上跳湖自尽。敌兵以为朱元璋跳湖自尽了，就此解围，朱元璋也因此生还。后人为了纪念韩成，于是便造了庙宇来供奉他，并在每年的清明、七月半和十月朝都要举行祭祀他的仪式活动。

> 舞龙巡街庆端午

> 龙舟竞渡，谁与争锋

> 各地积极参加庆端午"2006年上海苏州河城市龙舟邀请赛"

出游时，队前是一面大锣鸣锣开道。大锣后面飘着几面红黄绿色的大旗，接着是鼓乐队，边行边奏；队后是三块木牌：一块写着"肃静"，一块写着"回避"，另一块写着城隍老爷的官衔及履历。木牌后是被人称为红鬼黑鬼的皂隶：红鬼穿红袍，戴红色长帽；黑鬼穿黑袍，

> 端午节巡街表演

戴黑色长帽。他们走一阵吆喝一阵，使人毛骨悚然。队后是城隍老爷压阵。老爷两旁由庙中僧徒护着。据说这是城隍为民驱鬼除邪。城隍老爷所到之处，行人站立一旁，村民也出屋观看，心诚者双手合十向老爷致意。沿途村民为了表示虔诚，家家门前都要悬挂纸钱。老爷走过后，就由挑着两只竹筒的帮手逐家收去焚化。为了让沿途居民作好迎接的准备，在"三巡会"出会的前三天，当地还会有人拎着一面小锣，沿着老爷巡视的必经之路敲敲打打，以告众人。

> 人们争相戴上大头娃娃求喜气

> 端午巡街，再现屈原爱国情怀

民间收藏

[玖]

1. 早期的民间收藏者

普陀区早期的民间收藏者有三大家，一是名医张祖泽，二是"补白大王"郑逸梅，三是集邮家陈璐。

张祖泽（1867－1922），祖居真如镇北大街，是远近闻名的中医，有妙手回春的本领。他喜爱收藏医书、字画、金石。他收藏的医书很多，常与妻子刘氏共同阅读，并从医书和实践中研究自制成"制九散"的名药，能医治疑难杂症。他收藏字画更擅长绘画，有很多朋友拿着字画请他鉴别真假，他从不推诿。他更喜欢自刻印章，闲暇无事时他就精心雕刻，藏有各种印章数百方。在行医的处方笺上写着一手好字，盖着自刻的印章，真像一件件艺术品。后来，他迁居至南翔、嘉定和上海市区，求医者、求画者追而趋之。

郑逸梅（1895－1992），居住于劳勃生路（今长寿路160弄）喜爱收藏书画、古籍书刊、名人信札、掌故名录、金石钤印。最有趣的是将自己居室取名为"纸帐铜瓶室"。这是个老上海的"亭子间"，陈设简陋，四墙挂着和藏着书画，自己蜗居其中著书立说。他长期做教育工作，办报刊写文章，写作剧本和杂文。那时，上海的《申报》、《新闻报》、《时报》以及他主办的《金刚钻报》、《永安月刊》常有空白之处，需要有人编写短小精炼的"补白"文章，他能在很短的时间内用收藏的掌故写出针砭时弊的惊人之作，所以被称为"补白大王"。

陈璐，上海电器二厂退休职工，本区桃浦地区集邮组织的顾问，于民国三十五年（1946）开始集邮，集有世界名画、体育、地图、花卉、英国皇室大婚与生日、诺贝尔和诺贝尔奖等十多类专题邮集。邮票除纸质以外，有金质、银质、铝合金、真锡、立体等奇特邮票。他参加英、美、加拿大、新西兰、西班牙、葡萄牙、印尼、日本、哥斯达黎加、澳大利亚等十多个国家集邮组织。

2. 新兴的民间收藏馆室

20世纪60－80年代，普陀区兴起一股民间收藏热。从集邮、收藏火花、烟标、钱币起始，拓展到收藏蝴蝶、雨花石、像章、大铜章、玉石、女红、根雕、照相机、书画、票证、戏单、老报刊、门券等二十多个门类，相继建起二十多个私家收藏馆、室。随后，甘泉路街道建起"泉辉"民间收藏展示馆，区建立收藏协会。民间收藏热印证着社会稳定，生活安康，喜好如愿和"富而思藏"的社会现象。

陈宝财蝴蝶博物馆：1985年4月建立，为全国首家民间私人藏馆。有蝴蝶标本八百多种、一千余只，分成蝴蝶生态、蝴蝶工艺、蝴蝶邮票、蝴蝶火花、蝴蝶诗词、蝴蝶书画、蝴蝶剪纸等系列。他原是沪西汽车运输公司职工，人称"蝴蝶迷"。自迷上蝴蝶收藏后，经常利用节假日走进外省市的山林采集蝴蝶标本，先后去过黄山、庐山、泰山、峨眉山、天池、贡嘎山、西双版纳等地，曾经七上天目山。有一次为追导金裳凤蝶群，只身走进深山，此时天色已晚走迷了路，只得在深山里过夜，次日清晨还是这个蝶群引他出了山，他也如愿以偿。他和日、英、美、法等22个国家、地区的"蝶友"建立广泛联系并进行交流活动，1997年1月被欧洲生态学术委员会接纳为中国籍学术委员。他的著作《蝴蝶收藏》由辽宁画报社出版发行。

"顽石斋"雨花石收藏馆：馆主吴浩源，华东师大副研究员。收藏雨花石一千余枚，1989年在自家居室建馆，取名"顽石斋"。面对藏品的自然图案和石纹，他常苦苦冥思，已有三百余枚经反复琢磨取了名字，如"野渡无人"、"雪霁残阳"、"月照松林"、"依山傍水人家"等等，富有诗意的名称使这些雨花石似乎有了生命。

纪锁汇泉馆：纪锁为本区公安系统退休干部，年轻时喜爱收藏钱币。藏币三千多种，最古老的钱币有公元前16－11世纪的蚌贝、骨贝、铜贝、古币等。多次在社区和文化场所举办展览。在住房条件改善后，他的藏馆有三十余平方米，陈列层次分明，格调清新。

陈坚泉艺收藏馆：陈坚是上海造币厂高级工艺师，长期从事钱币设计，因设计熊猫金币获国际金奖。他喜爱书画艺术和设计大铜章，已设计"鲁迅"、"毕加索"、"凡高"、"百年冰心"、"世纪宝钱"等大铜章一百余枚。他的藏馆主要陈列自己创作的泉艺作品和书画作品，有书画作品《国宝图》、陶瓷壁画《中华钱币之光》、漆画《永恒》和具有创新意念的画意书法作品。

玉缘堂藏玉馆：馆主杨振斌年轻时从商，后来弃商藏玉有二十多年。藏有古玉多件，有礼器、礼兵器、玺印、佩件、文房四宝、品茗玉壶、仿青铜器玉件、首饰件、葬玉器等系列。他以藏玉为人生一大乐趣,广交玉友。先后以个人或联合他人举办过多次玉器收藏展,介绍玉器收藏知识,为居民鉴别玉器真伪。

上海老报馆:馆址设本区曹杨路。馆主刘德保常年喜欢搜集老报纸、老刊物、老画报、电影海报、老照片等已有五十多万份,经常用藏品参加专题展览活动。

邱连华根艺室:邱连华喜爱小型根雕,他常去外地山区寻觅根枝自己创作根艺作品。他的巧手能化腐朽为神奇。自制的"双龙戏珠"、"母子情深"、"师生同行"、"双熊伴舞"、十二"生肖"等六十多件作品,使自己的居室成为一座小巧玲珑、千姿百态的根艺馆。

黄振炳火花收藏室:黄振炳收藏喜好很多,尤以火花为最。居室面积虽小,却是件件藏品皆精。火花方面除了藏品丰厚、种类齐全,他还涉猎国际国内火柴工业历史,写出多篇学术论文,为匡正某些火花商标的历史、真伪,提出真知灼见。在首届上海火花收藏交流会上,他发表了"寻绎晚清沪上火柴业及其商标"的论文,引起来自全国各地的与会者广泛关注。

区内还有邵小华中华照相机收藏馆、黄德林剪纸艺术藏馆、徐志康书法作品陈列室、黄亮明女红用具藏馆、包善发币章收藏馆、张铃文史资料收藏室、张文祥纸币封签资料收藏室、施根生民间私人收藏资料室、梅钧家庭艺术品陈列馆等多家民间的收藏馆室,成为社区和谐文化的璀璨明星。

3. 方兴未艾的企业博物馆

上海造币博物馆:位于光复西路上海造币厂内。这是个了解中国现代造币历史、造币工艺的好地方。博物馆有造币工艺厅,当代造币厅和音像资料厅,共六百多平方米。中国近代机械化造币始于19世纪80年代,直到1933年上海造币厂投产才统一了全国的铸币。最早铸造的是具有中国民族特色的"船洋"。中国铸币的过去、现在和未来,同样展现着国家的过去、现在和未来。陈列于展厅中央的重达七千多克的"金犀牛",是这个博物馆的镇馆之宝,象征着昂扬向上、坚忍不拔的精神。

上海纺织博物馆:位于澳门路原申新九厂的旧址。这里展示着上海纺织工业发展的历史,包括1878年的上海机器织布局、民族工商业者创办的多家纺织厂、日本等外商开办内外棉厂、日华纱厂等概况,从黄道婆的手工纺纱和布机织布,到机器织布,再到20世纪50~70年代无纺机布,一次次的飞跃反映出社会的发展和进步。普陀区苏州河两岸的纺织、印染、丝绸、毛麻工厂总计达七十多家,博物馆里都能找到它们的身影,找到与之相伴的人文历史。

上海火花博物馆:位于光复西路西段苏州河的北岸。这是由原上海火柴厂的锯齿形厂房改建而成,外形像堆积的火柴盒,内有好几个展厅。这里有上海火柴厂前身的日商燧生火柴厂、瑞典商美光火柴公司新老产品商标,有上海、全国的火柴商标。

苏州河两岸,曾经书写过中国民族工业发祥的历史。在综合整治苏州河污染的浩大工程中,很多工厂企业搬迁和远离沿河两岸,经过一、二期工程,河水逐步由浊变清,现在正在进行第三期工程。而留下的工业遗址、固有的人文景观和水岸文化,在新建和在建的民间企业博物馆、民间收藏馆中得到再现。

民间娱乐

[拾]

> 公园里老人们在拉琴唱戏，自娱自乐

1. 孵茶馆

茶馆有着悠久的历史，在当地农村和集镇中，老年人孵茶馆喝茶成为一种风俗习惯，也是老年人休闲、养生的一种方式。清晨，他们不管刮风下雨都会去茶馆，喝上几口绿茶，吃上一些点心，于是便会显得特别有精神。

在桃浦地区，原来有绿杨桥、杨家桥二爿茶馆，生意十分兴隆，每天茶客满堂，不管是相识还是不相识的人，碰到一起时都会像好久不见的老朋友，互相问好，打招呼，有的还要相互递烟。在小小的茶馆中，人们经常是欢聚一堂，古今轶事，小道消息，远近新闻，邻里关系，都成为漫谈的话题。过去杨家桥茶馆在春节期间还经常邀请艺人来说书，每天下午两个小时左右。这些茶馆的价格一般都较便宜，适合低收入的老年人，因此对老年人有较大的吸引力。此时也有许多小商贩往返于各个茶馆之间，每天叫卖声不断，有卖点心、工艺品的；有卖香烟、火柴或其他物品的；也有卖唱的。一个段子唱完后，卖艺的小姑娘便爷叔、伯伯叫个不停，然后收点小铜钱。后来绿杨桥茶馆由于集镇改造被关闭，但喜爱上茶馆的老年人仍然每天或几天一次坚持到就近的大场镇、南翔镇（南翔镇茶馆有十多家）茶馆去喝茶。在那里喝完一两个小时茶后，回家时再顺便买些小菜，真可谓一举两得。

也有的老人喝完茶后，喜欢叫上几碟小菜，吃些小老酒。一块臭豆腐干、一根油条，都是下酒菜，经济实惠。老人们在茶馆里哼哼小调，谈谈山海经，真是其乐无穷。

真如地区的民众也十分喜爱孵茶馆，由于真如为菜市集散地，因此这里的茶馆特别繁荣，仅真如市街上就有十一家。这些茶馆中要数仇湘涛常设在南大街的雀鸣轩为最大的一家。因该处有一片受火灾而成为废墟的空旷地，镇民早上在此

> 弄堂里，趁好日头，晾晾衣服，搓搓麻将

挂上鸟笼，自己则到茶馆里去喝茶，鸟鸣环绕，煞是好听，由此茶馆得名"雀鸣轩"。除了雀鸣轩外，真如的茶馆还有悦来记、银家园、全龙园、胜利茶园、同兴茶室、畅叙园、甘记茶园、陈顺兴茶馆、陈荣记茶馆、复兴茶园等等。这些茶馆在1953年公私合营时大多并为"真如茶馆"。

在旧时，真如镇上的这些茶馆既是农家、商贩小憩之地，又是菜农们互相交流信息的场所。每天凌晨四五点钟，真如镇周边的一些菜农就会挑上一担蔬菜，到真如镇上的茶馆店里去吃茶，带来的蔬菜就随地设摊，很快就出售一空。到了吃早餐时，茶馆店里又有早餐供应，届时一些早起的镇民便会在茶馆店里泡上一壶茶，叫上一碟花生米，要上二两白酒，条件稍好的再切上一盘白切羊肉，叫上一碗羊汤面，悠然自得，慢慢享用，一边谈天说地，交流信息。此时的茶馆店又似乎成了点心店。

中午，茶馆店的顾客慢慢散去，一到下午，茶馆店又成了书场，从上海县请来的三流评弹演员弹唱的都是传统节目，如《玉蜻蜓》、《双珠凤》等，这时来听书的顾客大多是镇上的居民，花一角五分买张票子，入内就座，再花一角钱泡一壶茶。书场内还有不少小吃，花生、糖果、鸡翅膀，五分、八分一包，有时梨膏糖、兰花豆腐干也有。

茶馆店里，有时还往往聚集了当地的捐客、行头、中介人等。镇上的居民、周边的农民如果谁家碰上红白喜事，也大多先在茶馆店

>酷热夏季，却给了小孩享受冲凉的机会

里传出。所以，喜事、丧事的经办人只要到茶馆店里来，准能找到需要服务的各行当的当家人。做生意的商人在这里又可找到捐客、中介人，茶馆就是他们谈生意的最佳场所。

2.斗鸟

斗鸟是人们用饲养的鸟拿来互斗的一种民间游戏，是闲人消遣娱乐的一种方式。

以前普陀真如地区斗鸟活动十分流行，所斗鸟种大多是用一种叫作"黄藤"的鸟，它鸣叫婉转，体小好斗，以雀鸣轩茶馆为斗鸟场所。斗鸟开始后，鸟的主人把披着笼罩的两个鸟笼面对面放好，然后逐渐移动靠近，慢慢地拉起笼罩。此时两只鸟隔笼相见后会用脚、嘴互相撕咬。凶的鸟会咬住对方鸟的脚不放并且往自己笼子里拉，被咬的鸟此时发出哀鸣惨叫唤来主人的救援，此时主人前来帮助解脱，发出惨叫的那只鸟就算表示认输了。

真如斗鸟活动还经常与大场、南翔、北新泾、罗店联手举行，届时四方轮流做东，做东的一方会准备好一种叫"花"的奖品，即用新色泥塑人像做成古代的各种艺人或名将，如花木兰、岳飞、孙悟空等等，放于玻璃框内。比赛结束后，这些泥像就颁发给获奖的参赛选手，比赛中有中人（裁判）作判。除了斗鸟之外，也有很多人提着鸟笼聚会，相互交流着养鸟经验，进行买卖。

3.靠柜台

所谓靠柜台，即是一些层次不高的嗜酒人群，特别是农民向小店买"一开""两开"（"开"即为"两"）白酒，靠着柜台站着，边喝酒边聊天的一种习俗形式。民国时期，真如镇周围农民们早上挑着一担农副产品上街卖掉后习惯顺便吃点点心，一些条件差一点的农民和镇民便在一些南货店柜台边要一点白酒，并要一些花生、咸橄榄、兰花豆或者豆腐干之类的食品用来下酒，稍好的菜是镇上很有名的熏蛤蟆。

> 酷暑夏夜，手摇蒲扇，纳凉消暑

> 夏夜纳凉，邻里闲聊是一个必不可少的内容

> 居民们在街头打扑克

老弄堂中下象棋

> 棚户区的纳凉晚会（1994年）

> 弄堂里，坐满了纳凉的人

这些南货店里周围没有凳子坐，于是农民们便只得靠着柜台边喝边聊天，懒懒地说着家常或是谈谈天气和近来庄稼的收成，悠闲自在。

当时以杨万顺、茂泰杂货店来喝酒的人数最多，因老板好客而且店门面也大，这样一来，人气很足，店里的人就越来越多，常常出现连靠柜台的位置都没有的现象。

4. 乘风凉

乘风凉是夏夜纳凉消暑之意。旧时当地农村房屋不通风，室内无消暑之物，因此到了夏天家中闷热无比。人们一天劳作归来，已是十分辛苦，吃了晚饭，一时三刻也无法入眠。于是，男人们打着赤膊，穿着短裤，女人们戴着肚兜，穿着木拖板，一手拿蒲扇，一手提着竹椅、长凳或小板凳，领着小孩到自家门口的场角上三五成群地坐下纳凉，俗称"乘风凉"。乘风凉时每人必备一把蒲扇，感到炎热时可以摇扇消暑。年轻人来到场角后，大都围着下棋，中老年人则喜欢谈山海经聊家常，有的人出于兴趣爱好，也会在场地上拉拉二胡，吹吹笛子，唱唱小调，引来不少围观者。母亲们则遥指苍茫的夜空为小孩讲述"嫦娥奔月"、"牛郎织女"和"七斗星"等民间故事，一直讲到大人和孩子们都不知不觉地睡着，此时的千姿百态，真是别有一番情趣。

5. 看无声电影

20 世纪 20 年代，本区的许多居民都看过在奥飞姆大戏院上演的无声电影。该影院坐落在曹家渡五角场（今长寿路北侧），由旅法归国的营造商朱佐朝出资并仿照法式建筑建造，于 1926 年 12 月开工，1928 年初开业。起始时放映设备为英国百代公司的无声转动放映机，放映外国影片，专供在沪外籍人士观赏娱乐消遣，成为上海早期放映无声电影的影院之一。初期，营业情况尚好，后来当地"白相人"和沪西一带流氓经常骚扰，甚至在观看电影时燃放爆竹，吓得外国观众外逃，就此营业清淡。为吸引国内观众，从 1931 初改放中国影片，有明星影片公司的《火烧红莲寺》、联华影业公司的《故都春梦》等。经营者又在四楼屋顶平台搭建简棚剧场，请来常锡文戏、武林班、维扬戏、江淮戏演出，平民观众日渐增多，营业状况渐好。1931 年日本军国主义发动"九一八"侵华战争，上海暨南影片公司从战地拍摄了"东北义勇军抗战实地新闻"片，上海租界不让放映此片，独有地处华界的奥飞姆大戏院可以放映。为增强影片效果，运用备有的"拍拉通"设备，变无声为有声，枪炮声配合电影画面，使观众身临其境，目睹侵略者烧杀和蹂躏自己同胞，激发观众的抗日爱国热情。

奥飞姆大戏院后来几易其主，改名为鸿飞大戏院、天乐大戏院、沪西中华大戏院、沪西大戏院；50 年代初改为沪西工人剧场，舒同亲自书写场名。60 年代初经过改建装修改名为沪西电影院，是劳动大众观赏电影的场所。

6. 丽娃栗妲村游乐场

建于 1930 年，由俄国人柯罗莱夫人向实业家荣宗敬租地建造的西式园林，地址在苏州河西段东老河的东侧（今华东师大一村内）。柯罗莱夫人以美国电影片名的译音为其取名"丽娃栗妲村"，实际上是一个具乡野情趣的贵族俱乐部，游乐活动有游泳、划船、跳舞、打网球、听音乐，供应茶点、西餐。丽娃栗妲村内有条环境幽雅的"丽娃河"，供划船、游泳。当时，有很多外籍人士在此聚会消遣。后来，因大夏大学在其近旁兴建校园，荣宗敬将此地产捐赠给学校，这个游乐场遂告结束。

> 弄堂游戏捉迷藏

> 小孩永远是快乐的，狭小的场地挡不住他们玩足球的乐趣

《民俗上海》经过两年多的努力，终于出书了。我如释重负，把心放下了。下面我简单交代一下成书的过程。

　　2004 年 7 月底，我从上海社会科学院院长岗位上退下来，当时给自己提了两个问题：一是作为一个生命个体继续存在的价值在哪里？二是今后的路怎么走下去？答案是在自己力所能及的范围内发挥余热，应当和还能做几件对社会有利有益的事。

　　正巧许明研究员和我商量成立民办研究机构（NGO，非官方非营利的机构），我欣然同意，又商量这一机构成立后，做什么事。我提出编一套上海民俗文化丛书。

为什么有这一"理念"。

我想，直接推动力是上海2010年要举办世博会；其次是考虑自己的条件和分析过去哪些事情没有做好，今天可以做得成的。

大家知道，上海是人文荟萃之地。松泽已发现6000年前的"上海人"化石；元代建制后800年以来，上海作为长三角的重要出海口，逐渐成为江南经济、文化的中心；近一百五十年来，上海成为中国移民最多的都市，凝聚着丰富的民俗文化遗产。然而相对于外地，上海的民俗学严重滞后。上海目前不仅没有一个民俗学刊物，而且已完成多年的上海市、区、县的民俗志至今未出版。问题在于上海文化界与学术界对丰富而有特色的上海民俗文化缺乏应有的重视。民俗文化的整理和挖掘并给予充分的展示，无疑将有利于提高上海人对上海的认同，也有利于在国际交往中展现上海文化总体形象和文化品格。我希望上海民俗文化丛书出版这一基础性建设工程的完成，成为世博会期间展示上海软实力的重要方面。

今天，民俗文化在国际交往中具有重要作用。如在2003年上海召开"亚洲银行会议"时，上海民间艺术家协会组织了五种上海本土的民俗表演项目，受到外宾的热烈欢迎。2003年，上海率团到加拿大申请世界园艺会，上海的民俗表演使当地的观众激动得站在椅子上欢呼。

近二十年来，"文化寻根热"遍及全球，对本土民族原创性文化的珍视，是民族自尊与创造力的一种表达方式。因此，在国际重大活动如奥运会、世博会中，举办国会千方百计展示本土的原创性

文化,如汉城奥运会的开幕式以鲜明的韩民族文化给世人留下深刻的印象,悉尼则以有悠久历史的土著文化成为其展示的主题。大阪世博会也是一个成功的典型,以其鲜明的大和民族的文化展示给世人。意味深长的是,大阪世博会别的没留下,唯有建在万博公园的大阪国立民族学博物馆不仅留下而且成为大阪城市的标志性建筑,更重要的是成为展示日本民族与世界各民族的民俗展示地、世界文化人类学(民俗学)的学术交流中心与博士生的培养基地。

成功经验证明,世博会在显示国家总体形象时,不仅是经济和科技领域的展示,而且更重要的是文化品格的显示。而民俗是民族最普遍也最有特色的文化形态。

于是,我们就下决心做这件大事情。而根据自身的条件,也许是可以做成的。

在2004年10月,我们召开专家组会议。参加者都是上海研究民俗学的知名学者。同时,组成编委会,人员是各区县宣传部长。因为绝大部分宣传部长我都认识,他们说,老部长想做这件对上海、对文化建设和发展都有利的好事,我们支持。

2004年第四季度,先后讨论了三次分别由蔡丰明、王宏刚和仲富兰三位专家提交的提纲。在此基础上形成了与现在大体相同的框架结构。

当时我们讨论就明确:

丛书是上海各区、县第一套民俗文化专集。它不仅是外地游客了解上海各区、县民俗的导游书,让他们从中体会到当地人的生活

总后记

普陀卷

智慧与文化创造力，而且，应该成为区、县今天与明天的文化产业、旅游产业发展的基础性参考书。丛书不是一般意义上的民俗志和地方志，虽然整体框架仍要反映各区、县的全貌，但重点在特色，要突出当地的特色民俗，要选择有历史文化底蕴的民俗事项，特色部分要详细、有质感；对民俗事项有透彻理解作用的历史渊源要有简明的追索。丛书的行文与民俗志有区别，面向大众，力争行文流畅，文字优美，每一事项力争配有代表性照片，包括一部分珍贵的老照片，努力做到图文并茂。丛书的基础性资料要依靠当地人，当地人写当地事，自然会有一种历史责任心，也容易写得比较深入。各卷主编要有驾驭全局的能力，抓进度抓质量。要重视调查，内容之一是对一些将要消亡但有重要文化价值的民俗事项，如金山的渔村民俗，它将会引起国际学术界与海外游客的关注，这方面的资料搜集将填补上海民俗研究的空白。调查、写作过程中要有长远眼光，对某些有丰富内容的民俗专项，如南汇的锣鼓书，松江的顾绣，嘉定的竹刻、草编，金山的农民画、黑陶等，因本丛书篇幅限制不能展开的，应及时积累资料，可以考虑下一步从上海市的角度出版专集。丛书要有新意，要强调科学性，完成的稿子要与当地人一起核准，要使这套民俗文化丛书经得起历史推敲。经过讨论，大体上框定每一卷是十万字加一百幅照片的篇幅。

兵马未动，粮草先行。

各区县在经费上给予了支持，真是十分感谢。2004年几个区县的第一批资金到位了，使工作顺利开展。那年年底，在一璀同志、

仲伟同志找我时，我汇报了这件大事，他们表示赞同和支持。接着我又向各区委县委书记写了一封信，专门作了汇报。我在信中说：这是我多年来的心愿，在我有生之年能发挥余热，完成这件事情，为上海作点贡献，算是圆了一个心愿。希望得到您的大力支持！这里还要感谢郝铁川同志，我也向他汇报了这一不算浩大、也是不小的"文化工程"。得到了他的支持，并拨款作为专项资助。

2005年夏天，在浦东，由当时田赛男部长(现任副区长)做东，再一次召开联席协调会，部署全面启动。

丛书由上海文化出版社出版是2005年的夏天定下来的。当时我和陈军（他是资深出版人）一起同陈鸣华聊了一次。陈鸣华是一位年轻有为、有创新理念、又有实际操作能力的总编辑。过去知道他，但不熟悉。他很有思想，关键是不随波逐流。看了一点该社出过的书，决定请他们出版社做。他配备了很强的编辑队伍，李国强、沈以澄、黄慧鸣、吴志刚等等。特别是李国强先生，他是出版社的编审、资深编辑，策划丛书的整体出版运作，办事认真细致，负责尽心。陈军在出版方面帮了我不少忙，还有杨晓玲、陈骅也参与了组织协调工作，沈缨为这套书的出版工作做了大量细微的联络工作，在此也一并感谢。

说实在的一年多来，我去出版社不会少于十次。从内容到版式，从封面到装帧，都详细讨论。最后要说的是，这套书的总书名也是在上海文化出版社总编室里讨论形成的。我见到他们出版有一套丛书叫《乡俗中国》，受此启发，我说我们这套书的总书名就叫

《民俗上海》，在这一总书名的统摄下，各区县分卷出版。

总之，没有方方面面的支持和协作是绝对完成不了这一大工程的。两年多来甘苦很多，感受颇深。有时候真是厚着脸皮和各路神仙商量事情，为社会做好事，真不容易。社会关系，本来就是在社会角色的转换中不断变化着。你认为，你做的事最重要；在人家那里不过是小事一桩。所以，你想做，就要有各种思想准备，不要怨天尤人，只能反思你的最初的选择对还是不对！是啊，在生活中，本来就无法回避种种痛苦和矛盾，但只要有了明确目标，那辛劳也是有意义的，也会是幸福的。

书稿接近完成之际，又得到了令人欣慰的消息：《民俗上海》系列由上海文化出版社分别报送《"十一五"期间上海重点图书出版规划》和《"十一五"期间国家重点图书出版规划》，均获通过。看来我们还是在努力为自己的思考交出答卷，至少做了比较扎实的基础性积累工作，至于进一步深度开发，留给别人去做吧！

再一次谢谢帮助我、支持我的所有朋友，愿他们身体健康，事业有成。

尹继佐

2006 年 10 月 12 日

本卷编写人员　陆滨海　宋天成　陆人伟　邹　荣　张云辉　徐林森　梁觇樟
　　　　　　　　侯阿富　甘培基
本卷图片提供　陆元敏
本卷特邀编辑　何定华

图书在版编目 (CIP) 数据

民俗上海·普陀卷／蔡丰明，祝学军主编 . —上海：上
海文化出版社，2008.8
　ISBN 978-7-80740-297-8

Ⅰ. 民… Ⅱ. ①蔡…②祝… Ⅲ. 风俗习惯－普陀区
Ⅳ. K892.451.3
中国版本图书馆 CIP 数据核字（2008）第 068647 号

出版人
陈鸣华
责任编辑
周蒋锋
装帧设计
许菲

书名
民俗上海·普陀卷
出版发行
上海文化出版社
地址：上海市绍兴路 74 号
电子信箱：cslcm@public1.sta.net.cn
网址：www.shwenyi.com
邮政编码：200020

印刷
上海丽佳制版印刷有限公司
开本
889 × 1194 1/24
印张
7.5
版次
2008 年 8 月第 1 版　2008 年 8 月第 1 次印刷
印数
1-3,210 册
国际书号
ISBN 978-7-80740-297-8/K · 191
定价
44.00 元

告读者　如发现本书有质量问题请与印刷厂质量科联系
T: 021-64855582